新潮文庫

深追い

横山秀夫著

新潮社版

8171

目次

深追い

深追い

I

市役所の斜向《はすむ》かいにあった三ツ鐘《みつがね》警察署が、市郊外の県道沿いに移転して五年になる。等価交換により、旧地のざっと三倍の敷地を入手できたので上層部は欲張った。五階建て庁舎のすぐ裏に署長と次長の官舎を建て、そのまた裏手に署員用の家族官舎と独身寮を併設した。県警本部からの距離が遠いこともあって「署風」は開放的な部類に入るのだが、職住一体の息苦しさはいかんともしがたい。下級職員の間では「三ツ鐘村」と揶揄《やゆ》され、できれば赴任したくない所轄《しょかつ》の一つに数えられている。

四月の第三日曜はよく晴れた。

「村」の中庭では署長主催の「みつがね交歓会」が開かれていた。近くの信用金庫から十人ほどの女子職員が招かれ、独身の署員とお見合いパーティーのようなことをやっている。

秋葉健治は、独身寮二階の自室でベッドに転がっていた。交通課の事故係主任。階級は巡査部長だ。四年前にここに赴任するまでは本部の交通機動隊で白バイ乗りをしていた。先月三十二歳になったが独り身なので交歓会に参加する資格も義務もある。中庭は賑《にぎ》やかだ。ダンスミュージックやバーベキューの匂《にお》いがサッシ窓をすり抜けてこの部屋にも届いていたが、秋葉はベッドを出る気になれなかった。胸がもやもやしている。ゆうべ当直で処理した死亡事故がどうにも頭から離れずにいた。

午後七時過ぎの事故だった。自転車で帰宅途中の会社員が車道側によろけ、直進してきた大型トラックに撥《は》ねられて死んだ。事案それ自体はありふれたものだったが、続きがあった。事故現場に、死亡した会社員の手帳が落ちていた。妻とおぼしき女のスナップ写真が何枚も挿《はさ》んであった。その女の顔に見覚えがあった。まさかと思ったが、救急隊の無線のやり取りに妻の名が流れて秋葉は確信した。

高田明子。秋葉にとっては旧姓の綾瀬《あやせ》明子だ。小中学校時代の同級生だった。高校は別々になったが、いっとき心を通わせた時期があった。いや、そう思っているのは秋葉のほうだけかもしれない。彼女の気持ちすら聞けぬまま別れて十七年が経《た》つ。明子が結婚したことも、三ツ鐘署管内に住んでいることも、この事故があって初めて知った。

昔付き合った女の夫が死んだ。

出身地の県警に勤めていれば誰もが似たような経験をする。交通違反で呼び止めた相手が昔の遊び仲間だったり、捕らえた泥棒の父親が恩師だったり、首吊《つ》り死体を下ろしてみたら同僚の従姉妹《いとこ》だったり。そんな話はいくらでもあるし、いちいち心を乱していたら警察官など務まらない。

だが……。

秋葉は寝返りをうった。

事故現場に落ちていたのは手帳だけではなかった。カード型のポケットベル。ここ数年の間に目ざましく普及した携帯電話の陰に霞《かす》み、久しく目にすることがなかったから、拾い上げるまではそれが何なのかわからずにいた。手にした途端、ブルブルルッと振動し、小さなディスプレイに片仮名のデジタル文字が浮かび上がった。

『コンヤハ　オサシミニシマシタ』

救急車を追って病院へ行った部下の話では、夫の死を知らされた明子は声もなく、その場に崩おれたという。

――やっぱり行ってみるか。

通夜《つや》は六時からだ。ジャージのポケットに突っ込んだ秋葉の手は、ポケベルを握っていた。ゆうべ部下に託すのを忘れたのだが、それが口実になる。遺品を返しがてら様子を見てこよう。通夜が始まる前に訪ねれば、少しの時間、明子と話ができるかもしれない。思いを巡らすうち、居ても立ってもいられない気分になった。秋葉はやおらベッドを抜け出し、洋服ダンスを開けた。

「あ、主任」

入口で声がして、同室の富岡敦志《あつし》がもつれた足で転がり込んできた。刑事課の三年生刑事だ。酒臭い。

「どうしてこないんです？　結構盛り上がってますよ」

「そんな元気はねえよ。ゆうべ泊まりだったからな」

「かわいい子いますよ。ノリもいいし」

富岡はニッと笑った。凶暴な酔っぱらいにへし折られた前歯は治療に行く暇もなく、そのまま黒い洞窟《どうくつ》になっている。

「だったら頑張って落とせよ。俺はちょっと行くとこがあるんだ」

「けど、署長が呼んでこいって言ってんですよ、主任のこと」

「馬鹿《ばか》。それを早く言え」

——くそっ。

秋葉はようやく探し当てた礼服をタンスに突っ込んだ。

外はもう薄暗かったが、中庭のほうは椅子《いす》取りゲームの真っ最中だった。若い署員と信金の娘たちが小さな椅子の上で尻《しり》をぶつけ合い、黄色い声を上げている。交通巡視員の小磯裕美《ひろみ》の顔もあった。秋葉を見つけて「主任もどうぞ！」と盛んに手招きしている。

署長の山根春男は夫人同伴でテントの下にいた。年甲斐《としがい》もなく真っ赤なポロシャツを着込み、「本日は無礼講」の笑みでゲームを眺めていたが、秋葉にはいつもの仏頂面《づら》を向けた。

「独り者は全員参加と言ったろう。なぜ一緒に楽しまんのだ」

「申し訳ありません……」

「それになんだ、ジャージなんぞ着おって。モテんぞ。せっかくのチャンスだろうが」

警察官は早い結婚が望まれる。「家族家庭を持ってこその自覚と責任感」というわけだが、本音は若い警察官に金や女絡《がら》みの不祥事を起こされるのが怖い。三十二にもなって独りでいる秋葉など、気の小さい山根にしてみれば爆弾でも抱えている気分なのだろう。今日の交歓会にしたって、若い署員に身元の確かな女をあてがってしまおうという腹が見え見えだ。警察ほどではないにせよ、金融機関の採用時の身元調査は他の会社の比ではない。

「なあ、あの娘なんかどうだ？　一人で寂しそうにしてるじゃないか」

山根は無遠慮に隅のワンピースを指さしたが、秋葉に反応がないと見るや詰問《きつもん》に転じた。

「お前、誰か決まった女でもいるのか」

「いえ」

「隠すな。いるんだったら紹介しろ」

「いえ。おりません」

「だったら小磯はどうだ？　聞いたぞ。お前に惚《ほ》れてるらしいじゃないか」

だからこの署は嫌われる。何もかも上に筒抜けなのだ。

——いい加減にしやがれ。

腹で毒づいた時だった。秋葉は心臓をぎゅっと摑《つか》まれたような衝撃を受けた。震えだしたのだ、ジャージのポケットの中身が。

まだ何か言いたげな山根を敬礼で振り切り、秋葉は中庭を後にした。寮の階段を一段抜かしで上がり、自室に戻り、ポケベルを引き出して恐る恐るディスプレイを見た。

『コンヤハ　カレーデス』

一瞬にして全身に鳥肌が立った。

明子は、死んだ夫に向けてメッセージを発信していた。

2

読経《どきょう》の声に向かって暗がりを歩いた。

好き好んで居を構える界隈《かいわい》ではない。コンテナを連想させるみすぼらしい一戸建ての市営住宅が、横一列に二十ほど軒を連ねている。その一つが縁日の屋台のように眩《まばゆ》い。サッシ戸を取っ払った居間に祭壇が飾られ、中央に高田正勝の遺影があった。免許証で確認した年齢は三十八だったが、写真の顔は笑い皺《じわ》が深く、かなり老《ふ》けて見えた。

庭先での焼香だった。

秋葉は弔問客の列の最後尾についた。山根署長につかまり時間を食った。訪ねるのは明日にしよう。一度はそう思ったのだが、ポケベルのメッセージを見つめるうち礼服に手が伸びた。

死者に今夜の献立を伝える。やはり尋常ではない気がする。突然の夫の死を受け止められずにいる。或《あ》いは事実を受け入れることを拒んでいる。ひょっとして明子は通夜の席にも出られない状態なのではあるまいか。そんな心配を胸に駆けつけたのだが、しかし杞憂《きゆう》だった。祭壇の右手前、喪主の座り位置に遠目にも未亡人とわかる喪服姿があった。

列に並ぶ者の肩ごしに覗《のぞ》いた横顔は、瞬時、見ず知らずの女にすら見えた。それが一歩、また一歩と近づくうち、十七年の歳月が縮まっていく実感があった。相応に歳《とし》を重ね、全体としてやや輪郭が鋭くなってはいるが、端整な目鼻立ちは昔と変わらない。ただ、その青白い顔に表情といえるものはなかった。すべての感情も思考も停止してしまっている。そんな顔だ。華奢《きやしや》な体を包んだ喪服の袖口《そでぐち》に、五歳ぐらいだろうか、お下げ髪の娘が小猿のようにしがみついている。

不憫《ふびん》……。最初に湧《わ》き上がった思いはそうだった。

焼香の順番が回ってきて、秋葉は喉《のど》に渇きを覚えた。すぐそこに明子が座っている。うつむき加減だ。視界に秋葉の姿は入っていまい。手早く焼香を済まし、一瞬迷ったが、去り際《ぎわ》に小さく悔やみの言葉を掛けた。

明子の目が秋葉に向いた。その濡《ぬ》れた大きな瞳《ひとみ》に驚きの色が広がった。

一礼して、秋葉は明るい場所から逃れた。胸に様々な感情が蠢《うごめ》いている。その多くが、夫を亡《な》くしたばかりの女に向けるべき種類のものではなかった。

秋葉は腹から息を吐いた。

どうするか……。

封筒に納めたポケベルが懐《ふところ》にある。親族か受付に託してもいいと考えていた。だが一方で、このまま返してしまっていいものかどうか迷ってもいた。たったいま目にした明子は健気《けなげ》に喪主をつとめていた。その事が却《かえ》って明子の行動の不可解さを際立たせる結果になった。現実を受け入れたにもかかわらず、なぜ通夜の晩に亡夫へメッセージを発信したのか。

追慕の念がそうさせた。夫に夕飯の献立を伝えることで、私は一人ではないのだと自分に言い聞かせている。そんな心理状態なのかもしれない。だとするなら、いま明子にポケベルを返すのは酷ではないか。ポケベルの行方がわからなくなっているからこそ、明子は、メッセージの受け手は夫なのだと自らを言いくるめることができるのだ。

「主任」

暗がりで女の声がした。秋葉はぎょっとしてその方向を見た。

交通巡視員の小磯裕美だった。交歓会でのはしゃぎぶりが嘘《うそ》のように、喪服姿でうなだれている。

「お前、どうして？」

「高田さんに仕事の協力をお願いしてたんです」

意外な話だった。死んだ高田正勝は精密機械の工場に勤める傍ら、地元の公民館で長いこと紙芝居作りのボランティアをしていたのだという。高田の描くほのぼのとした絵に惚れ込んだ裕美は、交通安全をテーマにした紙芝居を作ってほしいと頼み込んでいた。幼稚園や保育園を巡回して行う「交通安全教室」で使いたいと考えたのだ。それは実現しなかった。高田の突然の死によって。

裕美の話を聞くうち、一つ思い当たった。

「精密機械の会社に勤めてたからか……」

「何がです？」

「携帯を持ってなかったんで不思議に思ってたんだ。そういう会社って携帯の電波を嫌うんじゃないのか」

「それ、違うと思います。高田さん自身が携帯嫌いって言うか、やっぱり、紙芝居を作るような人ですから」

「なるほどな」

ポケベルならいいのか。腑《ふ》には落ちなかったが、裕美を相手に打ち明け話をする気は起きなかった。

「主任——高田さんはなぜよろけたんです？　ゆうべは風もなかったですよね」

「はっきりわからない。トラックの運転手は、自転車のハンドルが突然左右にぶれて、その直後によろけたと言ってる」

「じゃあ路面の凹凸《おうとつ》ですか」

「舗装は結構荒れてたな。それに砂まじりで多少滑りやすかったかもしれない」

「七時過ぎだと……あの辺りは街灯も疎《まば》らで暗いですよね」

「ああ、真っ暗だ。昨日は残業だったらしい」

「高田さん、毎晩決まって七時まで残業だって言ってました。だから私、昼休みにお邪魔して紙芝居の相談させてもらってたんです」

鼻を啜《すす》る裕美と二人、通夜の駐車場に充《あ》てられた空き地まで歩いた。

「しかし、いまどき、ボランティアで紙芝居づくりか……」

秋葉は話を蒸し返した。高田という男を値踏みしたい欲求がそうさせた。

「子供がすごく好きだったみたいです。喜ぶ顔を見たくて絵を描いてるんだって言ってましたから」

「ふーん」

「昔は美大を目指したこともあったそうですよ。美しいものが好きで、なのに今は無機質な機械とにらめっこだとか言って笑ってました」

美しいもの……。秋葉は苛立《いらだ》ちを覚えた。

「あの家見たろ?」

「えっ? あ、ええ」

「暮らし向きは楽じゃなかったみたいだな」

「そうなんです。なんか、友達の保証人になって、借金をたくさん背負わされちゃったとかで……。でも、紙芝居のほうは絵もお話もすごく明るくて」

「いい人だったんだな、いずれにしても」

それには答えず、裕美は前を見たまま言った。

「綺麗《きれい》な人でしたね」

「ん?」

「高田さんの奥さん」

「ああ、彼女な──」

同級生なのだと言おうとしたが、裕美の言葉が被《かぶ》った。

「不謹慎だけど、主任とデートできて得しちゃいました」

裕美は照れ笑いを浮かべながらぺこりと頭を下げ、自分の車のほうへ小走りで消えた。

秋葉がなぜ通夜に来たのか、裕美は聞かなかった。見ていたのかもしれない。落ちつかない素振りで弔問客の列にいた秋葉を。明子に向けていた特別な眼差《まなざ》しを。

――だったらどうした？

秋葉は波立つ思いを胸に寮に戻った。自室に入ってすぐ富岡のベッドを覗いた。酔い潰《つぶ》れて高いびきだ。枕元《まくらもと》に、信金のマークの入った女名前の名刺が散らばっている。起こすのはひと苦労だった。布団《ふとん》を剝《は》ぎ、手荒に体を揺すり、水をコップで二杯飲ませてようやく話ができた。

「お前、ポケベルの説明書みたいなやつ、まだ持ってるか」

「いやあ、とっくに捨てちゃったと思いますけど。ちょっと待って下さい。探してみますから」

寮の自室には電話を引けない決まりだ。以前は携帯電話の使用も規則で禁止されていた。十八歳で警察社会に飛び込んだ末っ子の様子が気掛かりだったのだろう、富岡の母親がポケベルを買って富岡に持たせていたことがあった。『デンワセヨ　ハハ』『タマニハカエレ　ハハ』――。

富岡は机の中を掻《か》き回して使用説明書を見つけ出してきた。

「そっかあ。だから交歓会すっぽかしたんですね」

「あ？」

「いいなあ、ポケベルが繋《つな》ぐレトロな恋。相手は誰です？」

「馬鹿《ばか》野郎。署長みたいなことを言うな」

「却って燃えますよね、アイシテル、とか短くやられると」

「うるせえよ」

なおも囃《はや》し立てる富岡の姿に、浮き立っている自分の心が映った気がした。

その夜は寝つかれなかった。

ポケベルの説明書は、ざっと目を通してごみ箱に放り込んだ。自嘲《じちょう》した。そんなものを読んでみたところで、明子が亡夫にメッセージを発した思いを推し量れるはずもなかった。

十七年……。途方もない時間が流れた。明子は、もはや秋葉の知っている明子ではない。その後の秋葉に起こった出来事を、彼女が何一つ知らないように。

秋葉は目を閉じた。五年前の「映像」が脳裏にちらついていた。

信号無視のライトバンを白バイで追跡していた。七十キロ、八十、九十……。危険だと感じたが、逃走の荒っぽさにただならぬ犯罪の気配があった。百、百十……。下り勾配《こうばい》の緩いカーブだった。ライトバンはコントロールを失って路肩の電柱に突っ込んだ。運転していた二十八歳の男が死んだ。新聞各紙は一斉に「深追い」と報じて、秋葉の行為を指弾した。数日後、死んだ男が連続強盗団の一人だとわかった。監察官室は「適正な職務執行だった」と胸を張ってマスコミに発表した。なのに――。

翌年、秋葉は交通機動隊を追われた。

警察に外向けと内向けの顔があることを身をもって知った。華の白バイ乗りから所《しょ》轄《かつ》の事故係への転属。交通事故を未然に防ぐのではなく、起こってしまった事故の後始末をする係。クシャクシャに潰れた車と血まみれの人間を見続ける日々。それは、組織が下した罰に思えた。

以来、秋葉は冷えきった。惰性で仕事をこなし、人付き合いも薄っぺらなまま、だからどうしたと開き直っているようなところがあった。二年近く付き合っていた女とも関係がギスギスして別れた。心が壊死《えし》していく感覚があった。そうした自分の内面を覗くことすら億劫《おっくう》になっていた。

だが……。

今、心が動いている。

明子は、昔の明子ではない。頭ではわかっていても、胸の高鳴りは誤魔化しようがなかった。

布団の中で握った手にポケベルがある。死んだ高田に幾ばくかの嫉妬《しっと》と後ろめたさを感じつつ、この小さな箱がまた震えだすことを秋葉は期待した。

3

陽《ひ》が傾くとそわそわした。

葬儀の日こそなかったが、その翌日からまた夕飯の献立が知らされてきた。ポケベルが震えるたび秋葉の心も共振した。

俺が受け止めてやっている。そんなふうに大きく構えていられたのも三日目までだった。五日、六日、七日とメッセージは続き、秋葉はいよいよ落ちつかなくなった。

明子の様子が気になる。彼女は一体いつまでポケベルに依存するつもりなのか。

『コンヤハ　ニクジャガデス』

十日目に動いた。午後五時半、勤務を終えた秋葉は車で明子の家に向かった。

玄関の前に立つと体が強張《こわば》った。通夜の晩は大勢の中の一人だった。それに、今の明子にとって秋葉がどういう存在であるのか見当もつかない。ままよと呼び鈴を押した。ややあって玄関の引き戸が開き、ワンピース姿の明子が現れた。髪をぞんざいに束ね、化粧っ気もない。

「……秋葉さん」

瞳に驚きと戸惑いがあった。来意を量りかねているのだろう、怯《おび》えているようにさえ見える。

「近くまで来たもんだから」

秋葉は無難に切り出した。いま三ツ鐘署に勤務している。あの晩、事故現場に赴き、高田の妻であることを知ったと手短に伝えた。

「そうだったんですか……」

明子は虚《うつ》ろな視線を宙に泳がせ、だが、すぐに目を戻して言った。

「今日は何か?」

「あ、いや……」

ポケベルのことが喉まで出かかったが、すんでのところで呑《の》み込んだ。まだ返してはいけない。なぜだかそう思った。

「線香あげさせてもらえないか」

咄嗟《とつさ》に出た言葉に、明子はホッとしたような顔で頷《うなず》いた。

狭苦しい居間に通された。通夜《つや》の晩に見かけたお下げ髪の娘がいた。折り紙に熱中している。「幾つ?」と声を掛けると、照れ臭そうに「六さい。もうすぐ」と答えた。

鼻孔が反応した。肉じゃがの匂《にお》いだった。明子はメッセージ通りの品をつくっている。秋葉は驚かなかった。見当違いに胸がざわつき、自分の心に危うい火種があることを改めて知らされた気がした。

秋葉が線香を立てるのを見届けると、明子は台所に消え、すぐに茶の支度をして戻ってきた。

「どうぞ」

明子はそれきり口を開かなかった。よそよそしい態度だ。視線は秋葉の胸の辺りから上がらない。

夫の死から日が浅い。もともと明子は口数が少ないほうでもある。しかし、それだけだろうか。二人の間に何事もなく、ただの同級生だったとしたら、明子はこうも頑《かたく》なな態度をとるだろうか。

あれから十七年経《た》っている。その間に多くの人と出会い、高田と結ばれ、子供を産み、秋葉との思い出など様々な人生の出来事に紛れてしまったに違いない。だが、あるはずだ。秋葉ほどではないにせよ、明子の心の中にもほろ苦い残滓《ざんし》が。

高校一年の夏だった。町の本屋で明子とばったり出くわした。中学卒業以来の再会だったから、同級生の消息やら何やらで話が弾んだ。それからちょくちょく電話をした。一月ほどして喫茶店で会い、恐る恐る交際を申し込んだ。「友だちからなら」。明子は頰《ほお》を赤らめてそう言った。当時の流行《はや》り言葉だったかもしれない。まさかの展開に秋葉は有頂天になった。明子の美しさは中学時代から際立《きわだ》っていた。自分の彼女にできるなどとは思ってもみなかった。

初めてキスしたのは木々の鬱蒼《うっそう》とした神社の境内だった。今日こそしよう。秋葉はそう心に決めて会いに行った記憶がある。息が熱かった。互いの鼻が邪魔をした。歯と歯が触れて音がした。明子の唇はリップクリームの匂いがした。

翌日にはもう「次」を考えていた。明子の女の部分に興味を掻き立てられていた。体が疼《うず》き、妄想は日増しにエスカレートしていった。

あの日も決めていた。だからまた神社に誘った。何を話したか覚えていない。目は明子のブラウスの膨らみを盗み見ていた。ボタンの合わせ目の隙間《すきま》から、白い肌と下着の複雑な模様が覗いた。明子の話を遮って唇を重ねた。そうしながら肩に回していた手を腋《わき》の下に滑り込ませた。驚くほど熱く、柔らかな感触が脳を突き上げた。一瞬のことだった。明子は秋葉の手を振りほどき、悲しげな目をして言った。「そういうことがしたいだけ？」。見透かされて狼狽《ろうばい》した。いや、おとなしくて従順だとばかり思っていた明子の中に、初めて人格を見つけた驚きに戦《おのの》いた。自分がひどく薄汚い人間に思えた。嫌悪《けんお》が尾を引き、明子に電話すらできなくなった——。

そういう時だったとしかいえない。女を知らない十五歳の少年が、十五歳の少女の何をどうわかればよかったというのだろう。あれから何人もの女を知った。修羅場のような別れも経験した。だが、あの夏の、泣きたくなるような切ない気持ちは今も消えることなく胸にある。

秋葉は、三十二歳の明子を見つめた。

何かを期待してここへ来た。通夜の晩からそうだった。

「これからどうするんだ、生活は」

明子の視線は上がらなかった。

「前に健康食品の外交をしていたので……また始めようかと……」

「力になれることがあったら言ってくれないか。遠慮なく」

本心から申し出たが、明子の表情は変わらなかった。ありがとうございます。言葉だけが空疎《くうそ》に響いた。帰り際、「また寄るから」と声を掛けた。明子は返事をせず、探るように秋葉の瞳《ひとみ》を見つめ返した。

4

何かが変わった。

秋葉が訪ねた日を境にポケベルの震える回数が減った。一日置きが二日置きになり、時には三日空いた。明子の心を映しているのかもしれなかった。夫の存在が遠ざかっていく。ゆっくりと、しかし確実に。

すっかり途絶えはしなかった。暦が五月に変わっても懐《ふところ》は時折震えた。その都度、秋葉は応《こた》えた。夜勤でもないかぎり明子の家を訪ねた。線香をあげ、茶を一杯飲み、少しだけ世間話をして帰る。その繰り返しだった。

明子のよそよそしさは変わらなかった。秋葉の来訪をただ静かに迎えた。それを控えめな好意と受け取ることもできた。秋葉がポケベルを持っている。そのことを明子は知っている。もうそうとしか考えられなくなっていた。だとすれば、明子は呼んでいるのだ、夫ではなく、秋葉を。

人の不幸につけ込んでいる。そんな負い目さえなかったら、感情はもっと熱く、猛々《たけだけ》しく育ったに違いなかった。だが、秋葉はこの緩慢な関係に苛立《いらだ》ちはしなかった。待っていた。明子の中で確かな変化が起こるのをジッと待ち続けていた。

この細い線は切れない。切りたくない。

六月に入り、秋葉はポケベルの電池を交換した。

5

梅雨の晴れ間が覗いた午後だった。秋葉は突然署長室に呼び出しを受けた。

署内で絨毯《じゆうたん》が敷かれているのはこの部屋だけだ。署長の威厳を見せつけるかのような大きな執務机に、山根の険しい顔があった。

「子持ち女のどこがいいんだ?」

いつかはこういうことになる。予感はあったが、実際そうなってみると身の置きどころがなかった。

「亭主を亡《な》くしたばかりの女だっていうじゃないか。お前、いったいどういうつもりだ」

　秋葉は落ちつきなく瞬《まばた》きを重ねた。

　どう答えていいかわからなかった。明子との関係は今すぐどうなるというものではない。ただ細い線を繋《つな》いでいたい。その一心で家に通っている。しかし、そんな青臭い話を真に受ける山根ではない。

「彼女は――」

　秋葉は声を絞り出した。

「小中学校時代の同級生です」

「そうだってな」

　ちゃんと調べはついているとばかり、山根は机の上の書類を鉛筆の尻《しり》で叩《たた》いた。

「デキてるのか」

「は？」

「その女とデキてるのかって聞いているんだ」

「いえ……」

　なぜこんなことを言わねばならないのか。握った拳《こぶし》に爪《つめ》の先が食い込んだ。

「別にやましいところはありません」

「そんな言い逃れは通用せんぞ。旦那《だんな》が死んだばかりの子持ち女のところへ独り身の警察官が足しげく出入りしている。それだけで十分犯罪的行為だ。本部にでも知れたら取り返しがつかんだろうが」

「……」

山根は、俯《うつむ》いた秋葉の顔を覗《のぞ》き込んだ。

「女に同情してるのか？　やめとけ。そういうのはうまくいった例《ためし》がないんだ。女なら他にいくらでもいるだろう」

「しかし……」

「のぼせ上がるのもいい加減にしろ。知らんのか？　お前の他にも通っている男がいるらしいぞ。悪いことは言わん。二度と出入りするな」

虚を衝《つ》かれた。男？　明子に？

そんな馬鹿《ばか》な。

署長室を出た秋葉は、硬い靴音を響かせて交通課に戻った。

小磯裕美は隅のデスクにいた。駐車違反で出頭したらしい中年男の前で書類を作っている。終わるのを待って屋上に連れだした。

「お前だろう、署長にタレたの」

秋葉は語気荒く切り出した。

どうせしらを切る。そうされた時の脅し文句を考えていたが、裕美はあっさりと認めた。

「課長に聞かれたので話しました。みんな知ってますよ。主任とあの人のこと。署内で噂《うわさ》になってますから」

「余計なお世話だろうが」

「だって良くないと思います。ああいう人とのお付き合いは」

「ああいう人ってどういう人だ？　お前に何がわかるんだ」

「通夜の時も話しましたけど、私、何度も高田さんの会社のお昼どきにお邪魔しました。あの近く、食べ物屋さんがないのでみんな愛妻弁当なんです。でも、高田さんだけコンビニのおにぎりで――」

「それがどうした」

秋葉は目を剝《む》いた。が、裕美は少しも怯《ひる》まない。

「それだけじゃありません。前に高田さんが不整脈で入院したとき、奥さん、一度も姿を見せなかったんですよ」

裕美はどうあっても明子を悪妻に仕立て上げたいらしい。

秋葉は信じなかった。夫婦仲は良かったのだ。高田は明子の写真を肌身離さず持っていた。明子は明子で夕飯の献立をかいがいしくポケベルで高田に伝えていたではないか。

「でたらめをまき散らすのはよせ」

「でたらめなんかじゃありません。市立病院に看護婦の友だちがいるので、私、聞いてみたんです」

「お前、そんなことまで――」

「だって……」

主任のことが心配だから。涙目がそう語っている。

前々からそうだ。「深追い事故」を起こした時、裕美は秋葉と同じ交通機動隊で巡視員の研修をしていた。秋葉の行為を詰《なじ》った記事を読んで悔し涙をこぼしてくれた。送別会でも大泣きした。以来、裕美の中で「可哀相《かわいそう》な主任」が出来上がっている。単なる同情なのだ。裕美の本命は、前歯を折られたお調子者の富岡なのだと知っている。

秋葉は裕美を睨《にら》みつけた。

「お前、彼女に男がいるって言ったらしいな。なんか根拠があるのか」

「男……？　私、そんなこと言ってません。いるんですか、男の人？」

藪蛇《やぶへび》だった。発信源は裕美ではない。ならばおそらく、交通課長から報告を聞いた山根が、警備課か地域課あたりの腹心を使って明子の周辺を調べさせたのだ。

怒り渦巻く胸に、ふっと不安が過《よぎ》った。公安係を抱える警備課が調べた。もしそうだとするなら、組織の中で最も確度の高い情報が山根にもたらされたことになる。

秋葉は宙を睨んだ。

本当にいるのか。明子に男が。

体の芯《しん》が焼けるように熱かった。

そのタイミングを狙《ねら》ったかのようだった。ポケベルが震えた。体と脳が激しく共振する。

『コンヤハ　オムライスニシマス』

裕美を置き去りにして歩きだしていた。

「主任、やめたほうがいいですよ。本当にもうやめたほうがいいから」

裕美の声が、死んだ母の声に聞こえた。

ブレーキは掛からなかった。

秋葉は、あの下り勾配《こうばい》の緩いカーブに突っ込んでいく危うい感覚を思い出していた。

夜まで待てなかった。

6

秋葉は体調が悪いと言って交通課長に早退を申し出た。寮に戻って私服に着替え、早足で裏口から抜け出した。「村」のことだから、何人もの署員や女房連中に姿を見られたが構わなかった。県道に出てタクシーを拾い、二十分後には市営住宅の前に降り立った。

娘の鮎子《あゆこ》が一人で留守番をしていた。すっかりなついて、秋葉を見ると飛びついてくるまでになった。

「お母さんは？」

「おかいもの」

「そうか……。じゃあ、少ししたらまた来るからね」

鮎子の小さな手が秋葉の手を引いた。

「いいから、いいから」

ケラケラ笑いながらなおも手を引く。居間まで連れていかれた。前にも二度ほどこうして家に上がり込んでしまい居心地の悪い思いをしたが、今日は別の頭で廊下を歩いた。

前に明子が入れるところを見て知っていた。電話台の引き出しの中に彼女の赤い手帳がある。

秋葉は固唾《かたず》を飲み下した。部屋の中を油断なく見回し、鮎子に座布団《ざぶとん》を持ってきてほしいと頼んだ。小さな背中が隣室に消えたのと同時に引き出しを開いた。あった。明子の顔が浮かんだ。毒が体中に回っていく気がした。

――いいから早く見ろ。

逡巡《しゅんじゅん》を振り切り、引き出しから手帳を取り出した。震える指に力を込め、頁《ページ》を捲《めく》った。使い込まれている。細かい字で様々な予定がびっしりと書き込まれている。

秋葉は顔だけ振り向いた。鮎子がずるずると座布団を引きずってきたところだった。今度は水を頼んだ。本当に喉《のど》がカラカラだった。

再び手帳を開いた。高田が死んだ日を見る。空白だ。その日を境に書き込みがなくなっている。いや、通夜《つや》の日付の欄には小さく「K」と記してあった。パラパラ先を捲ると、幾つもの「K」が、上に下にと現れた。

――こいつか。

荒々しく頁を送り、住所控を見た。女の名前が二十ほど書き込まれていた。その一つが記憶に引っ掛かった。「押髪《おしがみ》さと美」。中学時代の同級生だ。他には……苗字《みょうじ》と電話番号だけを記したものが三つ。「片桐《かたぎり》」「安田」「久保田」。男だと直感した。秋葉は乱暴な字で自分の手帳に書き写し、女の名前の羅列に目を戻した。押髪さと美の住まいは隣町の県営住宅だ。

——さと美なら当たれる。

思った途端、足音が聞こえた。短い廊下だから、秋葉が手帳を閉じたのと、明子が居間に現れたのが同時だった。白い指先からスーパーの袋が離れて床に落ち、タマネギが一つ転がり出た。

「秋葉さん……」

悲痛な声だった。

「中は見てない」

辛《から》くもそれだけ言った。明子の胸に手帳を押しつけ、秋葉は逃げるように家を出た。

取り返しのつかないことをした。苦い思いが胸に広がっていたが、しかし、嫉妬《しっと》のほうが数段勝っていた。「K」とは誰か。「片桐」か。それとも「久保田」か。

7

表通りでタクシーをつかまえ、三十分後には隣町の県営住宅に着いた。中層住宅が十棟以上も連なるマンモス団地だが、それでも「押髪」の表札が二つあるとも思えない。通り掛かった主婦に尋ねると、ああ、とすぐにC棟の三階を指さした。

「やだあ、懐《なつ》かしい」

さと美は歓待してくれた。二人の息子を叱《しか》りつけながら座布団を出し、また一声叱って、ビールをぶら下げてきた。姓が変わらず、公営住宅にいる。予想した通りの母子家庭だった。三年前に離婚したのだという。同窓会を一度もしたことのないクラスだから、みな級友の近況に疎《うと》い。

「秋葉君は警察官になったんだっけ？」

「ああ、いま三ツ鐘にいる」

「あら、近いじゃない。結婚は？」

秋葉が独身だとわかり、さと美は上機嫌で酌などしたが、明子の話を切り出すと、なあんだ、という顔になった。

「いいわよね、綺麗《きれい》な人は。ご主人が死んだ途端、もう次の人だもの」

「そんなんじゃねえよ」

「どうだか」

　さと美にしたって笑うと可愛い顔をしていたし、性格も開けっ広げで結構人気があった。同じクラスに明子がいなければ、秋葉だって興味を抱いたかもしれない。男子の大半は明子に気があった。互いに牽制《けんせい》し合い、だから明子はいつも女子のグループの中にいた。

「綾瀬とは今でも付き合いあるのか」

　秋葉が聞くと、さと美は、ぜーんぜん、とオーバーに顔の前で手を振った。明子が健康食品の外交をしていた頃、勧誘に何度か来ただけだという。

　そう口にしておきながら、さと美は丸い目を好奇に染めて顔を突き出した。

「不倫してたのよ、明子。会社の人とね。赤ちゃんもできちゃったんだから」

「えっ……」

　秋葉は息を呑《の》んだ。その反応を楽しむようにさと美は続けた。

「最初に勧誘に来たとき、結婚するんだって嬉《うれ》しそうに話してたのよ。それがさ、次に来たらひどく落ち込んでてね。だから突っ込んで聞いてみたんだ。相手の人、奥さんと別れるって言ってたんだって。別れっこないのにねえ。結局、捨てられちゃったのよ」

さと美の饒舌《じょうぜつ》が脳を隅々までいたぶる。

「美人は美人で大変よね。いろいろ言い寄ってくる人が多いから。変なのに引っ掛かっちゃう確率も高いでしょ？」

自分も結婚をしくじった。だけど明子よりはまし。さと美の居場所はその辺りのようだった。

秋葉は一気にビールを空けた。

「その男、なんて名だ？」

思わず強い口調になったから、さと美も一瞬、真顔になった。

「えーと、片岡って言ったかなあ……」

「片桐じゃないのか」

「あっ、そうそう、その片桐」

イニシャル「K」は片桐。

「秋葉君、その人と知り合い？」

秋葉は答えなかった。

腹立たしくてならなかった。高田が死に、焼け棒杭《ぼっくい》に火がついた。そうだとしたら許せない。明子を妊娠させ、一度は捨てておきながら。

秋葉はハッとした。

「子供は……？　堕《お》ろしたのか」

「ううん。だからほら、そのあと高田って人と一緒になって、それで産んだのよ。できちゃった婚ってことにしてね」

まさかと思った。ならば鮎子は――。

秋葉の反応が鈍く思えたのだろう、さと美は焦《じ》れったそうな顔になった。

「だからあ、明子は健康食品の勧誘で高田さんの会社に出入りしてたの。例によって言い寄られてね。丸抱えの約束で結婚ＯＫしたってわけ」

「丸抱え……」

「生まれてくる子供も面倒みるってことよ。ねえ、もうよそう。人のウチのことあれこれ言うの」

知っていることをすべて話してしまうと、さと美は急に精彩をなくし、ビール瓶を倒した息子の尻を無表情に叩いた。

8

明くる日、秋葉は年次休暇を取り、駅前通りのオフィス街に足を運んだ。今やブームなのだろう、健康食品会社のビルはただ見上げるばかりだった。昼休みの直前に電話を入れた。製品管理部長、片桐良一。

五分もしないうち、指定した喫茶店に真っ青な顔が飛び込んできた。五十年配。長身。金縁眼鏡。中々の色男ではある。

「本当に警察の方ですか……?」

秋葉は胸のポケットで警察手帳をスライドさせた。白バイ乗りや事故処理の制服警官に身分証提示を求める者はいないから、民間人に手帳を見せるのは任官以来初めてのことだった。てきめんだった。その瞬間、片桐は絶望的な表情を見せた。

「電話でもお話ししましたが、高田明子とあなたの関係について聞かせてください。正直にお答えいただければ、会社にもご家族にもご迷惑はおかけしません」

自分はもうどこか頭が変になっている。はっきりと自覚しながら、秋葉は刑事まがいの強面《こわもて》をつくっていた。

「あの……明子が何かしたんでしょうか……」

ごく自然に「明子」が口を突いて出た。どこかでまだ自分の所有物だという思いがあるのだ。

腸《はらわた》は煮えくり返っていた。

「質問しているのはこちらです。高田明子と不倫関係にあった。そうですね？」

「あ、はい……」

「経緯を話してください」

「……わかりました。お話しします」

片桐は早々に観念した。会社や女房にはくれぐれもご内分に。そう何度も念押しして、洗いざらい喋《しゃべ》った。

八年前に初めて関係を持ち、その二年後に明子は妊娠した。堕ろしてくれと拝んだが、それまで片桐から結婚を仄《ほの》めかされていた明子は首を縦に振らなかったという。同じ頃だった。健康食品の勧誘で知り合った高田正勝が猛然と明子に求愛した。明子は断り続けた。高田のあまりの真剣さに、ついには妻子ある上司の子を宿していることまで告白したが、それでも高田は諦《あきら》めなかった。

「構わない。僕の子として育てるから結婚してほしい。高田さんはそう言ったそうです。私は正直、地獄に仏の思いでした。明子もほだされたのでしょう。それにお腹《なか》の子もどんどん大きくなっていましたから……」

月数がいって堕ろせなくなった。片桐に未練を残しつつも高田の好意に身を寄せていった。そういうことか。

秋葉が、高田と明子の夫婦仲について聞くと、片桐は物憂《ものう》げな顔になった。

「高田さんと明子はうまくいっていたようです。ただ……」

片桐は一昨年、街で偶然明子に会ったのだという。立ち話で別れたが、そのとき明子がぽつりと漏らした。高田は私にはよくしてくれるが、鮎子を一度も抱っこしてくれない、と。

「高田さんは生まれてくる子供のことなんか頭になかったのだと思います。ただ明子を手に入れたい一心で子供の面倒もみると約束したんでしょう。こう言っては何ですが、さほど経済力のない高田さんが、普通であれば、明子ほどの女を女房にできるはずがないわけですから」

相応《ふさわ》しいのは自分のような男だ。しおらしさの覆《おお》いの向こうに高給取りの高慢さが透けて見えた。

容赦なく叩《たた》いていい。秋葉は残忍な気持ちになった。そもそもここへ足を運んだ理由は一つ、片桐の排除だ。

「なぜ通夜《つや》に行ったんですか」

秋葉の語気の強さに、片桐はハッと顔を上げた。

「行ったんでしょう？」

明子の手帳には、通夜の日を皮切りに、断続的に「K」が記されている。

「行きました……」

「顔を出せるような立場にないんじゃないですか、あなたは」

「はい、それは……仰《おっしゃ》る通りですが……。やはり明子のことが気掛かりで……」

片桐が口にした「明子」の数だけ、秋葉の憎悪《ぞうお》は募っていた。

「その後も家を訪ねてますよね」

「ええ……。また外交をやらないかと誘ったのですが、彼女は別の会社でやると言ってました。しかし、放っておけない気がして、その後も何度か……」

そっくりそのまま自分の内面を語られているような気がして秋葉は苛立《いらだ》った。

「また関係を持ったんですか」

片桐は仰《の》け反《ぞ》った。

「いえ、そんな、ありません」

「ヨリを戻したい。あなたはそう考えているんじゃないですか」

「それは違います。私はただ……」

「家族や会社が大事なら誤解されるようなことは控えたほうがいい。そうでないと、地位も家庭もすべてをなくすことになりますよ」

最後は脅しになった。

怯《おび》えきった片桐を、秋葉はこれでもかと睨《にら》み付けた。

9

秋葉の心は久々に軽かった。

ポケベルが震えないのに明子の家に行く。思えば初めてのことだった。片桐良一は完全に潰《つぶ》した。二度と明子の前に姿を見せることはあるまい。

辺りはもう薄暗かった。呼び鈴を鳴らすと、パタパタと足音がして、素っ裸の鮎子が玄関を開けた。後ろをバスタオルを手にした明子が追ってくる。

思わず口もとが綻《ほころ》んだ。自分の家に帰ってきた。そんな気がしたのだ。

「いいから、いいから」

口癖とともに鮎子に手を引かれた。秋葉はおどけて転がるふりをした、と、その時、鮎子の小さな尻《しり》に目が止まった。傷……? イボのような膨らみが幾つも……。確かめる間もなく、鮎子の体はバスタオルにくるまれた。はしゃぐ鮎子を抱きしめながら、明子は険しい目で秋葉を見上げていた。

居間で明子と向かい合った。二人とも言葉を発しなかった。

紙芝居。子供好き。だが、高田は鮎子を一度も抱っこしなかった。今にして思う。高田が手帳に挿《はさ》んでいたのは明子の写真だけだったのだ。

秋葉は確信していた。あれはイボではなかった。灸《きゆう》を据えた痕《あと》に似ていた。煙草《たばこ》の火を押しつけた痕。そうも見えた。

虐待《ぎやくたい》……。

高田は「片桐の子」を虐待していた。

ならば小磯裕美の話も真実か。明子は高田の弁当を作らなかった。病院に見舞いにも行かなかった。明子の尖《とが》った気持ちがとらせた行為だったということか。

本当のところはわからない。虐待が実際にあったのか。それが虐待と呼べるようなものだったのか。明子に語る気配はない。

鮎子は落書き帳にクレヨンを塗りたくっている。時折、秋葉を盗み見てクスクス笑う。その都度、救われたような気になる。もしも「父親」による虐待があったのだとして、鮎子は二度とその責め苦を受けることはないのだ。

秋葉は、明子に目を戻した。

いずれにせよ、鮎子を間に挟み、明子と高田の夫婦仲はぎくしゃくしていた。それは確かなことに思える。だが——。

最初に浮かんだ謎《なぞ》は謎のままだ。

ポケベル。

夫婦の間がうまくいっていなかったにもかかわらず、なぜ明子はかいがいしく高田に夕飯の献立を知らせていたのか。通夜の晩にまでメッセージを送った明子の思いとは一体何だったのか。

秋葉にとっては重要なことだった。片桐を排除することはできても、死んでしまった高田とは闘えない。明子は高田をどう思っていたのか。今この時、どう思っているのか。

鮎子が寝つくと、秋葉は真《ま》っ直《す》ぐ明子を見つめた。

「一つ聞かせて欲しいんだ」

「………」

「高田さんとはうまくいっていたのか」

明子の瞳《ひとみ》が不安げに揺れた。

「なぜ……？」

「聞きたいんだ、どうしても」

明子は苦しげな顔になった。息が乱れている。

「私」

何かを言おうとして明子は昂《たかぶ》り、両手で顔を覆った。

たまらず秋葉は明子のそばに寄った。震える肩を抱き、体を引き寄せた。燃えるように熱かった。手のひらに明子の柔らかさを感じた。瞬時、あの夏のときめきと切なさが胸に蘇《よみがえ》った。

あれから十七年……。

歳月が道を狭めた。

明子が辿《たど》り着いたのは、この部屋だった。

その明子に何を語らせようというのか。虐待の有無か。高田への憎しみか。それとも負い目か。恩義か。他人の子を宿している女を受け入れてくれた高田に対する感謝の気持ちか。

――もういい。何も言わなくていい。すべて終わったんだ……。

秋葉は腕に力を込めた。

明子は身じろぎもしなかった。目を固く閉じていた。涙が一筋、頬を伝って秋葉の手の甲を濡《ぬ》らした。

10

寮に戻ったのは午後八時過ぎだった。

多くの白い目が秋葉を待っていた。職務そっちのけで女と会っている。夫を亡《な》くしたばかりの女に熱を上げている。「村」でその話を知らない者は、もはや一人もいないのだと悟った。

秋葉は平気だった。深い充足感が胸にある。交通機動隊を追われて以来、初めて味わう真っ当な感情。そんなふうにさえ思える。

自室に入ると、富岡が怖々と言った。

「あの……署長が官舎に来いと……」

「わかった」

腹は決めていた。秋葉は机に向かい、引き出しから便箋《びんせん》を取り出した。

退職願――。

この不況下に仕事があるだろうか。家業を継ぐ。そんな理由でもないかぎり、世間は中途で辞めた警察官を特別な目で見る。

だが……。

警察官か、明子か、どちらかを選べと言われれば、答えは既に出ていた。

――その気になりゃあ、何だってできるさ。

便箋にペン先を当てた、その時だった。

懐《ふところ》が震えた。

反射的に時計に目がいった。午後九時。こんな遅くにポケベルが震えたのは初めてだった。期待した。夕食のメニューではなく、今度こそ秋葉に対するはっきりとしたメッセージに違いない。わずか二時間ほど前、明子は秋葉の胸に体を委《ゆだ》ねていたのだから。

一つ息をして、ポケベルを取り出した。祈る思いでメッセージを見た。

『モウ　ユルシテクダサイ』

肩が落ちた。

しばらく呆然《ぼうぜん》としていた。

秋葉の好意は受け入れられない。何度見ても、そうとしかとれないメッセージだった。

スタンドを消した。机を離れた。ベッドに体を投げた。突如、廊下のスピーカーがけたたましく叫んだ。

《非常招集、非常招集！　勝目町三丁目、市営住宅で火災発生！》

どうでもいい。そう思ったのは数秒のことだった。勝目の市営住宅。三丁目。明子の住んでいる場所ではないか。

秋葉は跳ね起きた。制服の上着を引っ摑《つか》み、階段を下って寮を飛び出した。走りながら、足元が崩れていくような感覚に襲われた。

まさか。

モウ　ユルシテクダサイ
まさか、明子が火を――。

署庁舎に駆け込んだ。壁のボックスから奪うようにキーを取り、庁舎前にとめてあった事故処理車に飛び乗った。同乗しようとした他の署員を置き去りにして急発進させた。明子のメッセージが脳を駆け巡っていた。

モウ　ユルシテクダサイ
遺書。
母子心中《おやこ》。
そんな馬鹿《ばか》な。そんな――。
車は県道に躍り出た。サイレンを吹鳴《すいめい》して前方の車を蹴散《けち》らす。
モウ　ユルシテクダサイ
なぜだ？　なぜ！
遠くの空が真っ赤だ。黒煙がもうもうと天を突いている。
六十、七十、八十キロ……。秋葉は構わずアクセルを踏み込んだ。カーブに差しかかった。緩いカーブ。下り勾配《こうばい》の――。
前方にちっぽけなバイクが見えた。
危ない。
そう思った瞬間、何かが弾《はじ》け、明子の心が見えた。

11

市立病院のロビーは大半の灯が落ちていた。集中治療室の前の廊下。その暗がりの中で、秋葉は長椅子《いす》に腰を下ろし、両手で頭を抱えていた。

ポケベルの謎が解けた。ひどく残酷な形で。

明子は高田の死を望んでいた。鮎子に対する虐待は、秋葉の想像を遥《はる》かに超えていたということだ。明子は鮎子を救おうとした。いや、自分の子として育てると言っておきながら、幼い娘をいたぶり続ける高田を心底憎んでいた。だから逃げ出すことも離婚を切り出すこともせずに、高田への復讐《ふくしゅう》を実行に移した。

《心臓の弱い方はバイブレーターのショックに注意してください》

富岡から借りたポケベルの使用説明書には警告の一文があった。高田は不整脈で入院経験がある。その二つが明子の頭の中で繋《つな》がった。

高田は携帯電話が嫌いで持とうとしない。だから明子はほとんど需要をなくしたポケベルを購入して高田に勧めた。何と言って持たせることに成功したかはわからない。いずれにせよ、明子にぞっこんだった高田を言いくるめるのはさほど難しくなかったろう。夕飯の献立を知らせるから。笑いながら本当にそう言ったのかもしれない。明子はポケベルをマナーモードにセットした。そしてあの日の朝、家を出る高田のワイシャツのポケットに滑り込ませた。ぴたり左胸の前に。マナーモードにしてあることは告げずに。高田の残業は毎晩七時までだと知っている。あとはただ、帰宅途中の時間帯にメッセージを送ればよかった。

果たして事故は起き、高田は死んだ。だが――。

誤算が生じた。高田殺害の「凶器」であり「証拠品」でもあるポケベルが手元に戻ってこなかった。警察官の誰かがうっかりして遺族に返すのを忘れている。いや、警察が何らかの疑いを抱き、没収して調べているのかもしれない。不安になった明子は通夜の日に行動を起こした。自宅のプッシュホンで『コンヤハ　カレーデス』と献立を打ち込み、ポケベルを震わせた。様子を窺《うかが》ったのだ。

だが、誰もポケベルを返しにこない。やはり警察は自分を疑っている。明子の不安は一気に膨らんだ。だから偽装を重ねた。毎日、ポケベルに夕飯のメニューを送り続けた。追慕の念にとらわれた妻を演出するために。

十日目に秋葉が現れた。ポケベルを持っているのは秋葉だとすぐに見抜いた。なのに秋葉はポケベルのことを口にしない。明子は勘繰った。秋葉が昔の関係を利用して自分に近づき、事件の捜査をしているのではないか、と。

明子は数日置きに献立を打ち込み秋葉を呼んだ。ポケベルを返して。明子はそう叫び続けていた。

秋葉の手に赤い手帳が握られている。水浸しだ。火災現場で消防士に手渡された。イニシャル「K」――。それは「片桐」ではなく、「警察」を意味していた。改めて頁を捲ってみてわかった。「K」が書き込まれた日付はすべて、秋葉が明子の家を訪ねた日と重なっていた。

明子にとって秋葉はかつての同級生ではなかった。いっとき心を通わせた初恋の相手でもなかった。ただの警察官だった。十七年ぶりに眼前に現れた秋葉は、自分の犯した犯罪を暴《あば》こうと画策する、一人の警察官でしかなかった。

実際、秋葉はその通りの行動をとった。押髪さと美や片桐良一を当たった。二人から明子に電話がいったかもしれない。秋葉が自分の周辺を調べている。明子はさぞや怯えたことだろう。

そして、秋葉は明子にこう言ったのだ。

高田さんとはうまくいっていたのか――。

自白を強要する台詞《せりふ》に聞こえたに違いない。進退窮《きわ》まった。いや、とっくに明子の神経は擦り切れていた。

『モウ　ユルシテクダサイ』

深追い――秋葉は、下り勾配のカーブに明子を追い詰めたのだ。

集中治療室の扉は開かない。秋葉はただ祈っていた。

頼む。助かってくれ……。

聞かせてやりたい。明子が高田の命を奪ったのではないのだ。あの夜、ポケベルが震えたのは実況見分をしていた秋葉の手の中だった。既に事故は起き、高田は息を引き取っていたのだ。脇見《わきみ》か、突風か、それとも路面の凹凸か。いずれにせよ、高田の死は純然たる事故だった。

そもそも、明子が本気で高田を殺そうと考えていたかどうかも疑わしい。ポケベルの振動で人を殺す。およそ荒唐無稽《こうとうむけい》だ。願望と妄想の間を彷徨《さまよ》いながら夕飯の献立を打ち込んだ。それを果たして殺意と呼べるだろうか。

本気だったのだとしたら、それこそが悲しい。哀れにすぎる。

秋葉は壁の時計を見やった。午後十一時。

たった四時間前だ。明子は秋葉の胸の中にいた。その肌の温《ぬく》もりがはっきり残っている。明子は一体どんな思いでいたろうか。

許されるなら、もう一度だけチャンスを与えて欲しい。警察官の秋葉。それでいい。そこから始めて、いつか――。

集中治療室の扉が開き、若い医師がマスクを外しながら出てきた。

秋葉はもつれる足で駆け寄った。

「助かりますか?」

「ああ、だいぶ煙を吸い込んでたけど、なんとかなりそうだよ、二人とも」

「ありがとうございます!」

秋葉は医師の手を両手で握りしめた。

感情を露《あらわ》にする「制服警察官」を、若い医師は不思議そうに見つめた。

教育学研究第五十年　第四号は本号をもって終刊とさせていただきます。長い間ご愛読いただきありがとうございました。(編集部)

又聞き

I

《救助の大学生死亡》

二十八日午前十時半ごろ、G県波間《なみま》市の中央海水浴場で、M県五原《ごはら》市小塚、会社員、三枝《さえぐさ》清さんの長男、達哉《たつや》君（七つ）＝小塚小二年＝がおぼれかけた。近くで遊泳中の大学生二人が救助に向かったが、うちG県花輪村、小西和彦さん（二二）＝法治大四年＝が高波にのまれ、間もなく水死体で発見された。達哉君は、もう一人の大学生、大石博史さん（二二）に救助され無事だった。

波間中央署の調べによると、達哉君はこの日、両親と三人で海水浴に訪れ、子供用ビニールボートに乗って波打ち際《ぎわ》で遊んでいたが、両親が目を離したすきに沖に流され――

2

三枝達哉は汗まみれで引伸機に齧《かじ》りついていた。

鑑識係の小部屋は、刑事課の中にあるとも、隣り合っているとも言える。双方の部屋は壁で仕切られてはいるが、その壁の隅に縦横二メートルほどのドアのない通用口が空けられていて、自由に行き来ができるようになっている。いちいち廊下に出て鑑識に行く面倒をなくすためにそうしたのだろうが、通用口の場所が悪いので、鑑識係の人間は刑事課にしかないクーラーの恩恵を受けられない。ましてや、七月ともなれば鑑識部屋の一番奥にある暗室は蒸し風呂《ぶろ》だ。

――死んじまう。

三枝は首に巻いたタオルで顔中の汗を拭《ぬぐ》った。何の因果で、と呪《のろ》いたくなる。二十二歳のヒラ巡査。三年前に警察学校を出て三ツ鐘署に卒業配置され、交番勤務を経て、この春、刑事課の鑑識係に呼び上げられた。地域課のパトカー乗務を希望していたのだが、高校時代、写真部にたった半年だけ在籍した経歴がアダとなった。

引伸機にネガをセットする。足踏み板でスイッチオン、オフを繰り返して印画紙に露光する。頭がのぼせてくる。現像液や停止液の水温もすぐに上がってしまうので気を使わねばならない。机の上で扇風機が唸《うな》りをあげているが、三畳ほどの空間に密閉された空気を幾ら攪拌《かくはん》してみたところで涼が得られるはずもなかった。県警本部の鑑識課には全自動の現像引伸機が導入されたと聞くし、他の所轄《しょかつ》でも明室《めいしつ》で作業できる機械が順次配備されているという。なのにここ三ツ鐘署の鑑識係員は、いまだに昔ながらの手作業を強いられている。

——早く終わらせないと、ホントに死んじまうぞ。

三枝はまた汗を拭い、露光した手札サイズの印画紙を次々と現像液に滑り込ませた。竹ピンセットで印画紙の端を摘《つま》んでゆっくりと揺する。一人……二人……三人……。人相の悪い男たちが順に浮かび上がってくる。ゆうべ常習賭博《とばく》で捕まった暴力団の面々だ。被写体が悪いからというわけではなかろうが、写真の出来は芳《かんば》しくなかった。坊主《ぼうず》刈りの眼鏡が光っている。パンチパーマの男もストロボの当て過ぎでハレーションを起こし、鼻の辺りが白く飛んでしまっていた。

三枝は舌打ちをして、再び引伸機に向かった。手を翳《かざ》して露光を加減する「覆《おお》い焼き」のテクニックを駆使しながら何枚も焼く。今度はよさそうだ。現像液に入れると、なんとか新聞発表に使えそうな被疑者写真が液体の底に並んだ。

その悪党どもを竹ピンで摘み上げ、サッと停止液を潜《くぐ》らせて定着液に移していく。今日制作される新聞に組まれて消費されるだけの写真だ。長持ちさせる必要はないわけだから定着は適当でいい。すぐさま水洗いに回し、それも数分で済ませて乾燥機に入れた。作業完了――。

脱出の思いで三枝は暗室を飛び出した。

と、それを待っていたかのようなタイミングで、麦茶を手にした白い腕が三枝の胸の前に伸びた。

「お疲れさまでした」

津田夏子。二十歳の新人だ。この春から刑事課庶務係の事務をしている。顔はまあまあ可愛《かわい》いし、スタイルもいい。しかも底抜けのお人好《よ》しときているから、近い将来、警察官の世話女房に納まっているだろうことを署内の誰もが疑わない。

「ありがとう」

三枝は一気に麦茶を飲み干した。こうした時に男は結婚を決意するのではないか。そんな妄想めいた思いが浮かぶほどに、冷えた麦茶は美味《うま》かった。

「ねえ、三枝さん」

もう昼休み時間に食い込んでいて、小部屋には二人のほかに誰もいなかった。夏子の声がいつにもまして甘ったるいのはそのせいか。

「八月の五日と六日、海に行きません？」

若い署員と女性事務員数人で湘南《しょうなん》へ繰り出す相談がまとまったのだという。

「泊まりで？」

三枝が聞き返すと、夏子は頬を赤らめた。

「日帰りでもいいですよ。あ、六日に遅れて来るとかでも」

「せっかくだけど俺はいいや。海ってあんまり好きじゃないんだ」

無難に言い抜けたつもりが、夏子が「なぜ？」を返さず黙ってしまったところをみると、やはり言い方が普通でなかったのかもしれない。

三枝は慌《あわ》てて言葉を接《つ》いだ。

「ギラギラ暑いの嫌いなんだ。それに俺、泳げないしさ」

「そうなんですか……。だったら、私もやめようかな」

「あ、なんでだよ？　行ってこいよ、津田は」

「だって……」

夏子は萎《しほ》みかけ、が、名案を思いついたといったふうに目を輝かせた。

「じゃあ、私が泳ぎ教えてあげます」

「教える……？」

夏子は胸を張った。

「泳ぎ、すごく自信あるんです。中学の時、県大会にバタフライで出ちゃったぐらいですから。ねっ、海じゃなくてプール。だったらいいでしょ？」

「あ、でも……」

「三枝さん、明日休みですよね。行きましょうよ、市民プール」

明日──七月二十八日。

「じゃ、ＯＫですね？」

三枝は夏子の嬉《うれ》しげな顔を見つめた。

海。七月二十八日。どちらも特別な記号として三枝の胸に刻み込まれている。その両方を三枝に求める夏子が不思議な存在に思えた。

「俺、明日は都合悪いんだ」

夏子は今度こそ本当に萎んだ。

海、プールと続けて断られてみて、断る理由は海やプールでなく、おそらく自分にあるのだろうと思い至った顔だった。

「わかりました。失礼します」

「あ、津田」

違うんだ。そう言いたかった。

いっそのこと話してしまおうか。そもそも隠すようなことなのだろうか。海に行けない理由――。

「なんですか」

夏子が探る目で言った時、部屋に鑑識係長の務台《むたい》が入ってきた。首の辺りで盛んに扇子を振っている。

「おいおい。このクソ暑いのに、これ以上部屋を暑くするのはよしとくれ」

夏子は逃げるように通用口から刑事課へと消えた。務台は丸くした目でその後ろ姿を見送り、三枝に顔を戻した。

「悪かったか?」

「いえ……」

三枝は暗室に入り、乾燥を終えた写真を手に務台のデスクへ向かった。

「マル暴の顔が五枚。それと、こっちは空き巣とコンビニ強盗の現場です」

「おう、ご苦労」

「それから――これ、お願いします」

三枝はポケットから「他行届」を取り出し、務台に差し出した。休日に管内を離れる際は上司の許可が必要だ。

務台が用紙に目を落とした。

「明日と明後日《あさって》だったよな」

「そうです」

「行き先はお隣のG県か……。目的は法事？　お前、G県に親戚《しんせき》がいたっけ？」

「ええ……」

三枝は口ごもった。親戚。それ以上かもしれない。

「交通手段は――」

務台が言いかけた時、三枝の机の電話が鳴った。受話器を取ると、交換手が外線からだと伝えた。

〈あたしだけど〉

実家の母からだとわかっていた。

〈忘れてないだろうね、明日だよ、行っておくれよ〉

「わかってる。ちゃんと行くよ」

務台の視線を感じた。

女からの電話ではないかと疑っている。法事が口実だと思っているのだろう。ことによると、津田夏子と関連づけて想像を膨らませているのかもしれない。

そうだったら、どれほどいいかと思う。

三枝は壁のカレンダーに目をやった。

七月二十八日。今年もまた、自分が自分でなくなる日がやってきた。

3

翌朝、三枝は早くに起き出した。洗濯やら布団《ふとん》干しやらで午前中を忙しく過ごし、昼過ぎになってナップザックを背に独身寮を出た。今日も真夏日の予報だ。歩き始めるとたちまち汗が噴き出した。

義務感——それだけだ。他には何の感情も湧《わ》いてこない。

バスと私鉄を乗り継いでG県に入り、ローカル線に乗り換える。小学校三年生の時から毎年そうしてきた。六年生までは母に連れられ、中学に上がってからは一人で。高校以降は一泊の支度を整えて、この単線鉄道の乗客となってきた。

三枝の心象とは裏腹に、車窓は光に満ちていた。家並みや杉林が後ろへ飛び去っていく。駅を二つ三つ過ぎると緑一色の山々がぐっと近づいてくる。トンネルを幾つか抜け、辺りがすっかり山深くなった村里に、土盛りをしただけの無人駅がある。

三枝は電車を降りた。左へ向かう。舗装路は間もなく消え、なだらかな山道を十分ほど歩く。斜面の先に枝振りのいい青桐《あおぎり》と朽ちかけた土塀が見えてくる。その土塀を左手に回り込むと、もう三枝の来訪に気づいたのか、サンダルの音が玄関から飛び出してきた。

「まあ達ちゃん、まあ、まあ！」

声と同時に皺《しわ》くちゃの嬉しそうな顔が現れた。六十をとうに過ぎた小西里子は、それを微塵《みじん》も感じさせぬ身軽さで駆け寄り、三枝の腕を両手で大切そうに摑《つか》んだ。

「来てくれたのねえ、今年もねえ。ありがとねえ」

「こんにちは、おばさん。今年もお世話になります」

三枝は丁重に頭を下げた。

「ええ、ええ、こんにちは」

里子は幼児に対するように言って、三枝の手を驚くほどの強さで引いた。

「さあさ、上がってちょうだいな、疲れたでしょ、さあさ」

一枚板の上がり框《かまち》はひんやりしていた。里子は三枝の先回りをするようにして居間に入ったが、部屋はすっかり綺麗《きれい》に片づいているし、客用の座布団も出してあったから、きょろきょろしていたのは数秒のことで、やおら身を翻《ひるがえ》して奥の台所へ小走りで消えた。

三枝は廊下に突っ立ったまま、仏間の奥に置かれた仏壇に目をやった。真新しい花。幾つかの位牌《いはい》。そして、写真立てに納まった、にこやかな若者の顔。少し気取ったような、それでいてどこかはにかんだような笑顔――。

実際に彼がそうして笑うのか、三枝は知らない。知っているのは、緑色の海中を遠ざかっていく表情のない白い顔だけだ。

三枝は深い息を吐いた。

小学校二年の夏。三枝にとって、その夏初めての海だった。

喜び勇んで砂浜を走った。海の家で買って貰《もら》ったビニールボートに飛び乗った。波打ち際《ぎわ》にいたはずが、いつの間にか目印のパラソルが遠のいていた。怖くはなかった。家では味わえない冒険。そんな気分だった。パラソルの両親に手を振ろうと腰を浮かせた瞬間、海に落ちた。慌《あわ》てて手を伸ばした。指先にビニールのつるりとした感触を残して、ボートがすっと体から離れた。飛びつこうとしたが、できずに水中に沈んだ。緑色の水。泡と海草。グワーン、グワーンと耳を押しつぶすような音がした。必死で水を掻《か》いたが、目の辺りまでしか海面に出られず、しこたま海水を飲んだ。真っ青な空と波立つ海面が二つに区切れて、その後、また緑一色になった。水中でもがく自分の足を見た気がする。体がぐにゃぐにゃになった。鼻の奥がツーンとして、息が苦しくて、手足がだるくなって……。

どれほどの時間そうしていたかはわからない。気がつくと、腋《わき》の下に確かな力を感じていた。体が一気に上に押し上げられて海面を突き抜けた。青空を見た。入道雲が湧き上がっていた。咳《せ》き込んだ。息ができた。何度も何度も息を吸い込んだ。男の白い顔がすぐ傍にあった。苦しげな顔。そう映った。

もう一人、誰かが泳いでくるのが見えた。真っ赤に日焼けした逞《たくま》しい腕がクロールで波を切っていた。その手がビニールボートをこちらに押し戻してくれた。紐《ひも》を摑んだと思った途端、大きな波をかぶった。視界が泡に覆《おお》われた。腋の下にあった手が離れた。体が沈んだ。天も地もない水中世界に再び呑《の》まれていた。緑一色の海中。白い顔を見た。さっきそばにいた男の白い顔だった。無表情だった。開いた両手がゆらゆらと揺れていた。流されているのか、沈んでいくのか、その真っ白い顔は少しずつ遠ざかっていった。

今度は腰に締めつけられるような力を感じた。その力に引かれて急浮上し、海面に出た。目の前にビニールボートの紐があったのでつかまえた。傍らに角張った赤い顔があった。クロールの腕の持ち主だとわかった。その男の視線は白い顔が消えていったほうに向けられていた。

波間に人が見えた。青いビキニの若い女がぴょんぴょん跳ねていた。少し離れたところにあるコンクリートの島の上だった。女は凄《すご》い剣幕で何かを叫んでいた。角張った男も何か叫び返した。体とビニールボートが同時に動いた。逞しい腕が片手だけでクロールを始めていた。顔も肩も腕も赤かった。生あくびがでた。ひどく眠たかった。波打ち際に着いた時にはビニールボートの上にいた。ビーチパラソルが咲き乱れる砂浜のほうから、父と母が転がるように走ってくるのが見えた――。

今から十五年前の出来事だ。白い顔は小西和彦といい、角張った赤い顔は大石博史といった。

「あらら！　達ちゃん、ほら、そんなとこで突っ立ってないで座って、ねえ座って」

大きな盆に、いったい誰が食べるのかと心配になるほどたくさんのスイカを載せて、里子が居間に戻ってきた。

「おばさん、先にお線香を」

三枝は仏間を小さく指さした。

「そーお？　ありがとね、ありがとさんね」

里子は繰り返し言いながら、ちょこまかと仏間へ走り込み、大慌てでマッチを擦ると真新しい蠟燭《ろうそく》に火を灯《とも》した。

三枝は座布団を脇《わき》にどけ、笑顔の写真の前で膝《ひざ》を揃《そろ》えた。

自分のために誰かが死んだ……。そうした理屈を呑み込むには、三枝はあまりに幼すぎた。

海中に消えた白い顔と次に会ったのは、海辺にほど近い公民館だった。

小西和彦は柩《ひつぎ》に納まっていた。顔も体も蠟のようだった。三枝の腋を抱えてくれた手は、胸の前で組んだまま動かなかった。柩の傍らに、大石博史と青いビキニの女がぼんやりと立っていた。二人とも顔や肩の辺りは真っ赤に日焼けしているのに、足のほうは白くて幽霊のように見えた。

数日後、三枝は両親に連れられて初めてこの家を訪れた。土塀の周りをたくさんの花輪が囲んでいて、喪服の一団がうねる山道を埋めていた。青桐の木の下で、母がしゃがんで言った。

「いいこと――ありがとうとごめんなさいを両方言うのよ」

その目があまりに真剣で怖くなった。見よう見まねで焼香をした。結局、ありがとうもごめんなさいも言えなかった。畳に額を擦りつけている両親の姿が、ただ不思議でならなかった。

あなたは人の命と引き換えに生きている。生かされている。母はずっとそう三枝に言い続けてきた。息子の命を助けてくれた感謝の思いはさぞや深かったろう。実際、母は小西のことを「神様」とまで言った。しかし、時が経《た》つにつれ、命を投げ出した小西の究極の善行は、反抗期に差しかかった三枝を諫《いさ》める有効な手段として使われるようになった。母を疎《うと》ましいとしか思えなくなったのはその頃からだった。

一方、父は母の対極にいた。決して事故のことを口にしようとしなかった。父親が成すべきことを前途有望な大学生にさせてしまった。いや、されてしまったと言うべきか。呵責《かしやく》は十五年経った今もなお、父の胸を苛《さいな》み続けているに違いない。

高校も三年となって就職を考えた三枝が、警察官という職種を志望したのは、そうした育ち方と無縁ではなかった。人のために役立つ仕事。社会への恩返し。それは、十五年の歳月の中で義務感にまで高まっていたと思う。

とはいえ、三枝はかつて一度として、小西和彦のために泣いたことはなかった。あの日、柩の前で出なかった涙を、いくら心が成長したからといって、後になって流せと言われても難しかった。感謝の気持ちは無論ある。しかし、それだって母のお仕着せのような気がしてならない。自然な形で心から溢《あふ》れ出した感情ではないから、感謝の言葉を口にするたび、自分の気持ちに偽善の臭《にお》いを感じ取って心の収拾がつかなくなる。

だから年に一度、この仏前に座るのが辛《つら》い。写真の笑顔に親近感はない。三枝が知っているのは、表情のないあの白い顔だけなのだ。

三枝は線香を立てた。目を閉じて写真に手を合わせた。ありがとうございます。あなたのお陰で私は元気に生きています。いつも通り、そう念じながら、同時に湧き上がってくる、もう許して下さい、解放して下さい、そんな悲鳴にも似た思いを懸命に押し殺していた。

「ああ、重い。もう歳《とし》だから」

里子が何冊ものアルバムを抱えてやってきた。〇歳から二十二歳。小西和彦の短い生涯を写真で振り返る。この恒例行事も辛い。

「ほーら、見て見て。小学校の入学式。ねえ、眩《まぶ》しそうな顔しちゃって」

三枝は頷《うなず》き、時に微笑《ほほえ》んで一時間ほど付き合う。

アルバムの最後の頁《ページ》が開かれた。わかっていても顔が強張《こわば》る。あの日、事故が起こる直前に撮られたスナップ写真が貼《は》られている。海をバックに小西と大石が肩を組んでいる。その二人の間、青いビキニの女——湯川咲子がしゃがんでピースサインを繰り出している。みんな笑顔だ。

「ねえー、これで終わりだもんねえ。これが最後だなんてねえ……」

里子はいつもと同じ言葉を漏らして涙ぐんだ。三枝は神妙な顔を作り、息を潜めているしかない。

いや……。

今日は違った。妙な気持ちになった。

写真だ。

三枝は座卓に身を乗り出していた。スナップ写真を凝視した。気づいた。去年まで気づかなかったことに、たったいま気づいた。

小西和彦の顔。似ている。間違いない。そう、この写真は——。

「達ちゃん、どうしたの？　怖い顔して」

里子の声にも、すぐには反応できなかった。

一つの発見が、十五年の歳月を瞬時に吹き飛ばしてしまったような気がして、三枝の心はひどく波立っていた。

4

「……もういいだろう……今年限りってことにしたらどうだ」

「……」

「来てもらうのも大変だし……辛いだろうしな……」

襖《ふすま》を通じて、ボソリ、ボソリと声が聞こえてくる。小西蔵三の声だ。里子に言い聞かせている。

三枝は灯を落とした隣の部屋で床についていた。

また、蔵三の声。

「彼、二十二になったんだよな」

「……」

「和彦が死んだ時と同じ歳だ。ちょうどいい区切りじゃないのか……」

昼間、三枝も里子も口にしなかった話題だった。してはいけない。そんな気がして三枝は年齢の話を避けていた。三枝が小西の歳を超える。彼よりも長く生きる。それは里子にとって喜びを伴う出来事だろうか。

しばらくして隣室の声は途絶えた。里子はとうとう一言も発しなかった。

三枝は寝返りをうった。

気持ちが昂《たかぶ》って眠れなかった。

いま耳にした隣室の声のせいばかりではなかった。昼間見た写真が、睡魔を寄せつけずにいる。

あの事故を伝える新聞記事は今も捨てずにとってある。任官する時、母が寄越したG新聞の切り抜きだ。記事には死んだ小西の顔写真も添付されていた。

その顔写真と昼間見たスナップの小西の顔が同じだと気づいた。無論、大きさは違う。新聞の写真は小西の顔の部分だけをトリミングしたもので、顔の周囲のわずかな背景も消してある。しかし間違いない。二つの顔写真のネガは同一だ。

写真を新聞に載せると粒子が粗くなり、カラーで写した顔をモノクロに変えたりもするから、よほど表情に特徴がない限り、同じものだと見抜くのは難しい。だが、三枝は春先からうんざりするほど被疑者写真を焼いてきた。焼き具合によって新聞に載った時の見栄《みば》えはどう変わるか。三枝は自分の仕事の確認と勉強のために、写真が掲載される都度、元の写真とじっくり見比べていた。

だから去年まで気づかなかったことに気づいた。知らずに身についた鑑識の眼が、あの二つの顔は同じだと断じている。

だが……。

なぜ、あのスナップが新聞の顔写真に化けたのか。

普通に考えれば、小西の水死事故を取材した記者が、あのスナップかネガを借り受けたということだ。あるいは、スナップの小西の顔だけを自分のカメラで接写して社に持ち帰った……。

三枝は釈然としないものを感じた。

里子の話によれば、あのスナップ写真は事故の一時間ほど前に撮られたものだ。湯川咲子が発売されて間もない防水カメラを持ってきていた。三人で一緒に写りたくて、人に頼んでシャッターを押してもらったらしい。三人は幼馴染《なじ》みで、当時、小西と咲子は付き合っていたようだったと里子が漏らしたこともあった。

それはともかく、その日に撮られた写真が、翌日の朝刊に載ったことが釈然としない理由だった。幼馴染みの一人が死んだのだ。悲しみに打ちひしがれているその日のうちにフィルムを現像に出したりするだろうか。それとも、急いでスナップが必要な訳でもあったのか。

三枝はまた寝返りを打った。

記者が無理強いをしたということだろうか。

警察官になって知ったことだ。若い記者が上司にきつく命じられ、遺族や知人から半ば強引に顔写真を取ってくるという話は珍しくない。小西の事故の時もそうだったのか。現場に足を運んだ記者が咲子のカメラに目を付けた可能性はある。おそらく小西が写っていると踏み、ウチの社で現像してあげると親切ごかしに話を持ちかけ、放心状態だった咲子からまんまとカメラを借り受けた――。

足音が思考を止めた。

里子か蔵三がトイレに起きたようだった。

静かな足音だ。三枝を起こさないようにと気を遣ってくれている。

心に揺り返しを感じた。

――よそう……。

もう十五年も前のことだ。いまさら何がわかるわけでもないし、わかったところで現実は変わらない。三枝を生かすために一人の人間が死んだ。その事実が動くことは永遠にない。

三枝は目を閉じ、夏掛けを首まで引き上げた。クーラーの微《かす》かな冷気が届いてくる。蔵三と飲んだビールも少しは眠気を誘ってくれそうだった。

まどろみながら思った。

来年はもうここに来なくていいのだろうか。

いつか、夏子と海に行ける日が来るだろうか。

近いうちにすべてを話そう。夏子ならきっとスポンジのようにすべてを吸収してくれる。ジッと耳を傾け、涙を零《こぼ》し、そして、話してくれて嬉《うれ》しかったと、はにかんだ笑みを三枝に向ける……。

胸に微かな痛みを感じた。

彼は許してくれるだろうか。

いいのだろうか。

幸せを感じてもいいのだろうか。

まどろみの中を、白い顔が遠ざかっていく。

苦しむでもなく、悲しむでもなく、ただ白いだけの顔が暗い海中に沈んでいく。

どこへ行くのだろう。

彼は、本当にどこへ行ったのだろう。

5

朝から降るような日差しだった。午前九時。三枝は無人駅で上りの電車を待っていた。

じゃあ、また来年ね。いつもならそう言って三枝を見送る里子が、今朝は違った。

「さようなら。気をつけてね」

寂しそうな、それでいてホッとしたような顔だった。この十五年、里子は里子で、三枝の成長を見続けることが辛かったのかもしれなかった。

三枝はゆっくりと周囲の山々を見渡した。今年が最後。もうここへは来ない。そうなると勝手なもので、大切な場所を一つ失ったような気がした。

目を瞑《つむ》った。

上り電車をやり過ごした。

次の電車が来るまで、ここで二時間、炎天下に佇《たたず》むことを意味していた。

三枝は別のことを考えていた。

下り線はあの海に向かっている——。

十五年前、七歳の三枝はこのローカル線に揺られた。両親に連れられて始発駅から下り電車に乗り、波間市の中央海水浴場へ向かった。同じ日、小西和彦、大石博史、湯川咲子の三人は、この無人駅から下り電車に乗った。そして、あの海で「溺《おぼ》れかけた子供」と遭遇したのだ。

三枝は体の向きを変えて下り線のホームに立った。まもなく到着した二両編成の電車に乗り込んだ。

気持ちの区切りをつけたかった。

自分のために赤の他人が命を落とした。人生の重大事でありながら、あの日の水死事故について、三枝はあまりに無知だった。いや、かなりのことを知ってはいるが、そのすべては、母や里子を介した又聞きでしかなかった。

ちっちゃかったからわからない――。

その安全地帯から一歩も踏み出すことなく歳月を重ねてきた。自分からは何一つ知ろうとしなかった。罪の意識を受け入れるのが恐ろしくて、苦しむのが嫌で、だから、あの事故を見つめることを避けてきた。

「あの日」から逃げていた。逃げ続けていた。それが今、はっきりとわかった。

二時間後、電車は潮の香りのする賑《にぎ》やかな駅に到着した。

海の方角はすぐにわかった。浮輪やビニールシートを持った軽装の人々の後についていけばよかった。小さな男の子が、大きすぎるビーチサンダルに難儀しながら、それでも両親を追い越し、先に海を見つけたと歓声を上げた。笑顔が弾《はじ》けている。きっと、あの日の三枝もそうだったに違いない。

十五年ぶりに見る海だった。

あの夏以降、三枝家の夏休みのスケジュールから海水浴の文字は消えた。テレビのニュースが水難事故でも伝えようものなら、団欒《だんらん》は一瞬にして凍りついた。海水浴場の映像はおろか、ドラマに出てくる秋や冬の海ですら駄目だった。父は眉間《みけん》に皺《しわ》を寄せて黙り込み、母はオドオドと落ち着きをなくした。そして気持ちが鎮《しず》まると決まって小西の名を口にした。三枝はテレビをつけなくなった。実際、いつなんどき海が映し出されるかもしれないテレビは心底恐ろしい存在だった。

だが――。

三枝はゆっくりと視線を動かした。

美しかった。目の前に広がる青い海は、ただ美しかった。恐ろしさなど微塵《みじん》も感じさせない。もはや三枝にとって海は観念に近かった。畏怖《いふ》と同義だった。凝り固まったその陰鬱《いんうつ》としたイメージを、十五年ぶりに再会した海は呆気《あっけ》なく打ち砕いてみせた。

焼けた砂浜を歩いた。靴を脱ぎ、飛び跳ねるようにして歩いた。心が浮き立った。ずっと海が好きだった。大好きだった。三枝はそんな気がしてきた。

足が止まった。

三枝は額に手を翳《かざ》して沖のほうを見た。

――あれか……。

モーターボートやボードセーリングが行き来するエリアのかなり手前に「島」が見えた。消波ブロックを組み合わせて造られた小さな人工の島だ。三人はあそこにいた。子供が溺れかけているのに気づき、まず、小西和彦が海に飛び込んだ――。

小西は泳ぎがあまり得意ではなかったという。前の日まで東京で引っ越しのアルバイトをしていて、疲れが溜《た》まってもいたらしい。果敢に救助に向かい、海中の三枝をすくい上げたまではよかったが、足の筋肉がつってしまった。あるいは心臓麻痺《まひ》を起こした。警察はそんな説明をしたと、随分後になって母から聞かされた。

三枝は浜辺を後にして公民館を目指した。あの日、小西の遺体が仮安置された場所だ。人に聞くと、指をさして教えてくれた。いまにも朽ち果てそうな建物だった。中はがらんどうだった。卓球台のある板張りのホール。そんな朧《おぼろ》げな記憶はあったが、ホールのどこに柩《ひつぎ》が置かれていたかまでは辿《たど》れなかった。三枝はホールの中央に向かって手を合わせた。

よし……。

海。公民館。三枝は最初の壁を乗り越せた気がした。

海岸沿いの電話ボックスに入った。ボロボロの電話帳を捲《めく》る。G新聞社の波間支局。すぐに見つかった。電話を入れ、十五年前の支局員の名を尋ねた。訝《いぶか》しげな声を出されたが、昔、水難事故で助けられた者だと告げると、一転、親切に教えてくれた。遠山道雄。今は本社のデスクをやっているという。

G新聞本社までは車で二十分ほどだった。

「やっ、やあやあ、そうですかあ、あなたがあの時のボクですかあ」

応接室で面会した遠山は、部屋に入ってくるなり感極まった声を上げて目を瞬《しばたた》かせた。三枝が警察官になったと知ると、これだから記者は辞められませんと言って本当に泣いた。三枝の成長した姿に、外を駆け回っていた若かりし日の自分の姿をダブらせているかのようだった。

ひとしきり遠山の話を聞いた後、三枝は本題を切り出した。

「新聞に載った小西さんの顔写真のことなんですが、どちらで入手なさったんでしょう?」

遠山は真顔になって三枝を見つめた。古い話とはいえ、取材源の秘匿《ひとく》が頭に浮かんだのだろう。

「どうかご心配なく」

三枝は自分が鑑識の仕事で写真を焼いている話をした。

「職業的興味とお考え下さい。小西さんの遺族がお持ちのアルバムに、新聞に載った写真と同じ顔のものを見つけたんです。それで、どういう経緯だったかと思いまして」

遺族と三枝が今も接点を持っていると知って、遠山は安心を覚えたようだった。

「あの写真はですね、亡《な》くなった小西さんの彼女から借りました」

頷《うなず》きながら、三枝は内心苦々しく思った。やはり、どさくさに紛れてカメラを借り受けたということか。

三枝は感情を殺して言った。

「カメラごと借りて、社で現像なさったということですね？」

「カメラ……？　違いますけど」

遠山の鈍い反応に、三枝は首を傾《かし》げた。

「では、どういう経緯で写真を？」

「補足取材をしようと夕方になってもう一度、公民館に行ったんですよ。そうしたら、彼女――えーと……」

「湯川咲子さん」

「そう、そうです。その湯川さんが三人一緒に写ったスナップを持っていたんです。彼女、その写真を見て泣いていました。悪いとは思ったんですが、こっちも仕事ですんで、一分だけ拝借して、その場で接写させてもらいました」

三枝は腹の中で唸《うな》った。

夕方にはスナップ写真が出来上がっていた。海の近くの店に現像とプリントを頼んだということだ。

いったいなぜ……？

遠山はスナップを借りただけで、咲子がカメラを持っていたとは知らなかった。ならば、あのスナップが事故の一時間前に撮られたものだということにも気づかなかったと考えていい。もし気づいていたら遠山はどうしていたろう。三枝と同じ疑問を抱き、さらに突っ込んだ取材をしただろうか。

幼馴染みが死んだその日に、フィルムを現像に出しに行く人間などいるだろうか。三枝は、目の前のベテラン記者に問い掛けたい衝動に駆られた。

6

午後三時を回っていた。

帰りの電車に揺られながら、三枝はすっかり考え込んでしまっていた。

フィルムはその日のうちに現像に出されていた。十五年前……。現在ほどのスピード仕上げは望めないにしても、二、三時間待てば、フィルムを現像し、プリントしてくれる店は幾らもあったに違いない。

店にフィルムを持ち込んだのは、湯川咲子か大石博史のどちらかだ。普通に考えるなら咲子のほうだ。カメラは彼女の持ち物だったのだから。

理解しがたい。

幼馴染みの遺体が公民館の中に横たわっていた。そんな最中、フィルムを現像に出しに行った。写真のことに頭が回った――。

小西と咲子は付き合っていた。咲子は写真を見て泣いていた。つまり、生きていた最後の小西の顔を見たくて、それで咲子が現像に出したのか。

わからない。人は、いや、女は、恋人の死を目の前にして、そうした精神状態になるものなのだろうか。

電車が速度を落とした。三枝のいる座席から、運転席のガラス越しに土盛りの無人駅が見えていた。

務台係長の渋面が浮かんだ。ここで降りてしまえば、今日中に三ツ鐘に帰れなくなる。ままよと席を立った。もう引き返せない。逃げたくない。そんな気持ちになっていた。

駅前にたった一軒の食堂で、湯川咲子の消息を尋ねた。別の土地に嫁に行った。そんな答えを覚悟していたが、長女である咲子は婿《むこ》養子を迎え、今も実家に住んでいるとのことだった。

店の主人が描いてくれた地図は正確だったが、生憎《あいにく》、咲子の家は家人がみな出払っていて留守だった。三枝は先に大石博史の家を訪ねることにした。大石宅には一度だけ行ったことがある。小西の葬儀の後、改めて「ありがとう」を言うため両親とともに立ち寄ったのだ。

道順はすっかり忘れてしまったが、川の近くの家だった。臙脂《えんじ》色《いろ》の大きな屋根と、縁側の隅に座っていた白髪の小さな老婆《ろうば》……。その姿が絵本で見た山姥《やまんば》に似ていて恐ろしかったからよく覚えている。

川沿いの道をしばらく歩くうち、三枝はぎょっとして足を止めた。白髪の老婆が目に飛び込んできたからだった。あの日と同じだ。老婆は縁側の隅で丸まるように座っていた。家は臙脂の大きな屋根。間違いなかった。

タイムスリップしたような気分だった。が、三枝をさらに驚嘆させたのは、老婆の発した一言だった。

「海で溺《おぼ》れておっ死《ち》にかけた子だな」

「ぼ、僕のこと――」

三枝は思わず自分の体を見回した。

「よくわかりましたね」

「ああ。わかるさ。わかるに決まってらあ」

口調ばかりでなく、低く淀《よど》んだ声は男そのものだった。村の守り。ひょっとして、そんな存在なのではないかと三枝は思った。

老婆は雑な手で麦茶を茶碗《ちゃわん》に注ぎ、顎《あご》をしゃくって、飲めと促した。

「すみません。いただきます」

温かかった。熱いものが冷めたのではなく、もともと冷たかったものが気温と同じところまで上がってしまったという感じだった。

三枝は一口飲んで、老婆に顔を戻した。

「ここ、大石さんのお宅ですよね？」

「ああ」

「大石博史さんご在宅ですか」

「いねえ」

老婆は歯のない皺くちゃの口を突き出した。怒っているらしかった。

「どこかにお出かけですか」

「もう、こん家にはいねえ」

家を出た……？

「現在のお住まいは？」

「知らねえ」

「知らない……？」

「ああ、知らねえ、あん馬鹿《ばか》。せっかく英雄だったんに。馬鹿だ。大馬鹿だ。逃げちまって」

「馬鹿……？　逃げた……？」

「英雄だったんに、馬鹿たれが……」

老婆は自分の世界に入っていた。もう何を喋《しゃべ》っているかもわからなかった。

三枝は丁重に麦茶の礼を言い、来た道を引き返した。

英雄……。

わかるような気がする。

無人駅の周囲に民家が点在するだけの小さな村だ。溺れかけた子供を助けた大石博史は、新聞にも載り、たちまち村の英雄に祭り上げられたに違いない。だが……。

逃げちまって。老婆が口にした言葉の意味は……。

不意に思考がジャンプした。

大石も「あの日」から逃げた……?

溺れかけた海中での出来事が網膜に蘇《よみがえ》っていた。白い顔と赤い顔……。

三枝は額に拳《こぶし》を押しつけた。何かがわかりそうな気がしていた。様々なキーワードが頭の中を駆け巡っている。

海……白……赤……スナップ……英雄……逃亡……。

三枝は身震いした。

自分は既に「答え」を知っている。聞かされている。そんな気がしたからだった。

喉《のど》に渇きを覚えた。かさついた唇に舌を這《は》わせると、老婆に勧められた麦茶の味が残っていた。

それが津田夏子を連想させたわけではなかった。先に彼女の言葉が脳を突き上げていた。

〈八月の五日と六日、海に行きません？〉

耳鳴りがした。

〈日帰りでもいいですよ。あ、六日に遅れて来るとかでも〉

夏子の声が、重たい扉を開く軋《きし》み音に聞こえた。

7

三十六歳。子供が三人。居間の座卓で向き合った湯川咲子は丸々としていた。もう青いビキニは着られないだろう。

「ホント、驚いたなあ。あの時の子がこんなに大きくなってるなんて……。あ、失礼」

「いいんです」

「で？　聞きたいって何を？」

咲子に警戒心はなかった。

「大石さんは今、どちらにいるんですか」

「それがわからないんだあ。コニタンの……小西君のことがあってから二年ぐらいして、家出しちゃったのよ」

「家出……？」

「家出とは言わないか。大学も卒業してたしね。でも、とにかく村には帰って来なくなっちゃったのよ。ご両親も心配してるんだけど、いまだに居場所がわからないの」

逃げたのだ、やはり……。

三枝は真《ま》っ直《す》ぐ咲子を見つめた。

「あの日のこと、聞いてもいいですか」

咲子の表情が強張《こわば》ったが、それは一瞬だった。「あの日の子供」が訪ねてきた。そうわかった時から、心の準備はしていたはずだ。

「うん。あたしは平気。もう乗り越えちゃったからね。それより、あなたこそ大丈夫？　心の傷とかになってない？」

「大丈夫です」

三枝は即答した。拳を強く握っていた。この場から逃げ出したら一生後悔する。

単刀直入。そう決めた。

「湯川さん——あの日に海で撮った写真、新聞記者に貸しましたよね」

「え……？」

「なぜ、その日のうちに現像したんです？」

咲子は目を見開いた。その質問に対する答えは用意していなかったようだった。

長い沈黙の後、咲子は覚悟を決めたといったふうに短く息を吐き出した。

「わかった。ぜんぶ話すね。あなたも当事者なんだし。あたしね、ずっとフェアじゃないと思っていたんだ。あなただけが本当のことを知らないでいるってこと」

三枝は姿勢を正した。そうせずにはいられなかった。

「最初から話すとね、あなたが溺れてるのを見つけたのは博史だったんだ。飛び込んだのはコニタンが早かった。それを博史が追いかけたの。あたし、すごく興奮したんだ。それでね、救出の決定的瞬間を撮ろうと思ってカメラでバシッバシッ写したの。望遠でもなんでもないから、まともに写るはずなかったんだけど、とにかく二人をいっぱい撮ったのよ。だけどその後あんなことになって……。あたし、写真のことなんかすっかり忘れてた。ところがね」

咲子の眉間《みけん》に皺《しわ》が覗《のぞ》いた。

「公民館で博史があたしに耳打ちしたの。カメラを貸せって。なんでって聞き返したら、すごく恐い顔で、いいから貸せって」

それきり、咲子は黙りこくった。

三枝の脳は海中での記憶を反芻《はんすう》していた。

小西が腋《わき》を支えてくれた。大きな波をかぶり、その手が離れた。すぐに、今度は大石が腰を抱えてくれた。だがその時、三枝はビニールボートの紐《ひも》を握っていた。至近にボートがあったのだ。少なくともあの瞬間、三枝の安全は確保されていた。

同じ時、小西の体にアクシデントが生じ、海に呑《の》まれていった。大石はその方向を見ていた。見ていただけで、助けには向かわなかった。

見殺しにしたのだ。

本当にそうだったかはわからない。大石だって冷静な状態ではなかったはずだ。少年がボートの紐を握っていたことなど気づかなかったろう。二人を同時に助けるのは不可能だ。大石は咄嗟《とっさ》に「命の天秤《てんびん》」を迫られた。少年を救うか。それとも幼馴染《なじ》みか。

海は荒れていた。誰も大石のことを責められない。少年を助けることが、彼にできる精一杯のことだった。真実、そうだったに違いない。だが……。

たった一人、大石の心を疑っていた人物がいた。

大石自身だ。

だから急いでフィルムを現像に出した。自分の心を覗こうとした。咲子が連写した救出の場面を点検したかった。小西を見殺しにした自分の心が、何かの形になって写り込んでいるのではあるまいか。恐怖と自責の念に駆られ、写真を見ずにはいられなかった。

大石はなぜ自分の心を疑ったのか。それを咲子の口から言わせることに、三枝は躊《ちゅう》躇《ちょ》を覚えていた。

察したのかもしれない。咲子は観念した顔で口を開いた。

「あたしね、あの頃、博史と付き合いはじめていたんだ」

「………」

「コニタンとはプラトニックだった。好きだったけど、何か物足りなくてね。それで、博史があんまり強引に誘うもんだから……」

三枝は小さく頷《うなず》いた。

あの日、大石と咲子は顔や肩が真っ赤に日焼けしていた。なのに小西だけが顔も体も白かった。それが意味することは一つだ。

小西は一日遅れで海に来た——。

〈日帰りでもいいですよ。あ、六日に遅れて来るとかでも〉

幼馴染みの三人は、七月二十八日に日帰りで海に行く約束をした。大石と咲子は無人駅で待ち合わせて海に向かい、前日にアルバイトの入っていた小西は翌朝早く東京を発《た》ってビーチで二人と落ち合う計画だった。だが、実際は違った。大石と咲子は前日に海に来て一泊していた。抜け駆けしたのだ。小西は何も気づかなかった。だから記念写真にも笑顔で収まった。

いや……。

日焼けや二人の様子で小西も気づいていたか。泳ぎが得意でないのに、溺れかかった少年を見て大石より早く海に飛び込んだ。その澄んだ心は微塵《みじん》も疑いたくないが、しかし、あったのかもしれない。咲子にいいところを見せたかった。大石から咲子を取り戻したかった。そんな焦燥に駆られた内面が……。

三枝は長い息を吐き、咲子に顔を向けた。

「その後、大石さんとは？」

咲子も深い溜《た》め息《いき》をついた。

「すぐにダメになった。やっぱり、カメラのことが頭から離れなくて、あたしのほうから別れようって言ったの。でもね、彼も可哀相《かわいそう》だと思う。みんなに持ち上げられて、村役場で表彰までされて。だけどきっと、心の中ではいつもコニタンのことが引っ掛かっていたんだと思う。だから逃げ出したの。悪い人じゃないのよ。あたし、本気で好きになりかけてた。なのに、あの事故で何もかもメチャクチャになっちゃった」

咲子の話は胸にズシリと重かった。

「すみませんでした……」

三枝は頭を下げた。

咲子は慌《あわ》てた。

「あ、ヤダ、違うのよ。あなたのせいじゃないって。誰も悪くないの。運命みたいなものだから。わかるでしょ？」

「ええ……」

三枝は小刻みに頷いた。

「ずるい、ずるい。もう、あたしにばっかり喋らせて。今度はあなたの番。ねえ、聞かせて。大変だったでしょう、これまで」

「そんなことないです」

「うそ。辛《つら》い思いしてきたと思う。ね、いま何しているの？」

「警察官です」

咲子は息を呑んだ。

「博史、何か罪になるの……？」

「誤解しないで下さい」

三枝は静かに言った。

「ここであなたの話を聞いているのは、あの日、海で命を助けてもらった子供ですから」

8

咲子の家を出ると、もう陽《ひ》は西に傾きはじめていた。上りの最終電車にはどうにか間に合いそうだ。

三枝は駅への道を急いだ。

荷が軽くなった気はしなかった。却《かえ》って、それは重みを増したように思える。あの日、両親の言いつけを守って波打ち際《ぎわ》で遊んでさえいれば、多くの人の人生を狂わせることもなかった。

——よそう。

三枝は顔を上げた。

知ってよかったのだ、きっと。

自分だけが辛い思いをしていると思って生きてきた。あの日を恨み、あの日に関わるすべての人を疎《うと》ましく思って生きてきた。

三枝は二股《ふたまた》の道で立ち止まった。

風が声に聞こえた。

さようなら。気をつけてね——。

左の道を選んだ。

坂を上り詰めると、茜色《あかねいろ》の光を浴びた青桐《あおぎり》が、ゆったりと葉を揺らしていた。朽ちかけた土塀を回り込む。務台係長に電話を入れなくちゃ、と思った。

三枝は勢いよく玄関を開き、奥に向かって声を掛けた。

「おばさん——すみません。もう一晩泊めて下さい」

引き継ぎ

I

「おい、お前ら本気で俺に恥をかかすつもりか」

三ツ鐘署の二階刑事課。今朝もまた山根署長が仏頂面《づら》をさげて乗り込んできた。

「なんだってよそに留置場を貸さにゃあならんのだ。それとも何か？　ウチの管内には一人も泥棒がおらんのか」

一言もなく背筋を張る刑事課長。その傍らでうつむく盗犯一係と二係の係長。三日連続の光景だ。

山根が憤《いきどお》るのも無理はなかった。三ツ鐘署の留置場は閑古《かんこ》鳥《どり》が鳴いている。ただでさえ腹立たしいところへもってきて、ゆうべ、隣接する片岡署が、留置人の「預かり」を依頼してきた。A級の泥棒だった。自分のところの留置場は逮捕者で満杯だから、そっちの場所を貸せというわけだ。極めて屈辱的な出来事といえる。

「腹括《くく》って仕事せい。お前ら、泥棒パクっておまんま食ってるんだろうが」

なおも息巻く山根に一瞥《いちべつ》をくれ、尾花久雄は、苛立《いらだ》った指で煙草《たばこ》を揉《も》み消した。

——アンタに言われたかねえんだよ。

盗犯一係の主任。山根的に言うなら、十年間にわたって「泥棒刑事《ドロケイ》」の道で飯を食っている。

尾花は隣席の相棒に、行くぞ、の目配せを残して席を立った。被疑者押送《おうそう》用のドアから出て、外階段を下る。刑事のケの字も知らない警備部あがりの署長に内心毒づきながら、しかし一方で、二日酔いのむかつきにも似た焦燥の思いを誤魔化せずにいた。

『既届盗犯等検挙推進月間』。今月がそれにあたる。県下各署が一斉に窃盗《せっとう》犯罪の検挙件数を競う、年に一度の刑事コンクールだ。なのに生憎《あいにく》、今の尾花には泥棒の手持ちがない。月初めからこの一週間、まともな泥棒はおろか万引き一匹捕らえていないのだ。御身可愛《おんみかわい》さの署長が所属長会議でどれほど肩身の狭い思いをしようと知ったことではないが、盗犯月間にそれらしい数字を出せないでは泥棒刑事としての面子《メンツ》が立たない。今でこそ寝たきりの一老人となってしまったが、尾花の父はとびきり腕のいい、それでいて人情家と知られた泥棒刑事だった。二世刑事としての意地だってある。

——それに、だ……。

階段を下りきったところで、尾花は煙草を振り出し、火をつけた。三十四歳。もうさほど若くはない。これまでの経験を生かし、そろそろ組織の真ん中で大きな仕事がしてみたいと思う。昨夜刑事部屋で小耳に挟んだ噂話《うわさばなし》に心を揺さぶられていた。県警本部の捜査第一課に属する「盗犯特別捜査班」の人員が近々拡充されるという。ならば今月の成績いかんで要員の候補に名乗りを上げることができるかもしれない。

――やっぱり、野々村をアゲるしかねえ。

「待ってくださいよ、ハナさん」

煙草を揉み消した足を駐車場へ向けた時、相棒の荻野《おぎの》豊が追いついてきた。まだ「お茶汲《く》み三年」の年季も明けない二年生刑事。ヤマの手口を嗅《か》ぎ分ける鼻も、情報を仕入れる耳も未熟この上ないが、ご多分に漏れず口だけは達者だ。

「署長ってのはいい商売スよね。ああ、俺も早くなりてえ」

ついでとばかり課長や係長までまな板の上に引きずり出し、上の言いなりだ、金離れが悪いと得意になってこき下ろしたが、車に乗り込む段になって荻野は表情を曇らせた。

「ハナさん、今日も野々村の野郎を追っかけるんですか」

「おいっ」

尾花に睨《にら》まれ、荻野は、あっ、の形の口にごつい手を押し当て、恐る恐る周囲を見回した。尾花の視線は最初から駐車場隅の紺色セダンに向いていた。署長の小言から一足先に逃れ出た二係の有坂・松村コンビが、ちょうど車に乗り込んだところだった。その有坂の視線がこちらに向いた。警戒。探り。敵視。銀縁眼鏡の奥の瞳《ひとみ》に幾つもの負の感情が見てとれた。連中もおそらく野々村を狙《ねら》っている。

野々村一樹《かずき》——いま最も脂《あぶら》の乗った泥棒の一人だ。二十八歳。前科が三つ。三ツ鐘市内の生まれで、地元でもよくヤマを踏む。動くのは深夜から朝方にかけてだ。未明に歓楽街の店のレジを狙う「出店荒らし」を得意としているが、その他にも「事務所荒らし」や「忍び込み」「車上荒らし」など何だってやる。犯行スタイルが固まらないあたりB級の泥棒とも言えるのだが、捕らえれば確実に数字は稼げる。盗犯月間で競われるのは、手錠を掛けた泥棒の頭数ではなく犯罪の検挙件数であるから、多くのヤマを背負った大物の泥棒を手中に納めた刑事は、あくせくする他の刑事を尻目《しりめ》に左《ひだり》団扇《うちわ》で過ごすことができるのだ。

その意味でも野々村は狙い目だ。Q刑務所を出所したのが三カ月前。更生保護施設には顔を出さなかった。つまりは定職に就いていないわけだから、既に相当のヤマを踏んでいるとみていい。しかも野々村という男は恐ろしく自己顕示欲が強い。取調室で刑事を前にすれば、自分がやった盗みの手際《てぎわ》のよさと稼いだ金額を自慢せずにはおれない――。

だが、その野々村の所在が摑《つか》めずにいた。焦《あせ》りの根っこはそこだ。有坂たちはどうか。一体どこまで情報を握って動いているか。

荻野の運転で灰色セダンを出した。「三ツ鐘61」と呼ばれる捜査車両だ。

「ハナさん、野々村が見つからなかったらどうするんです？　ヤバくないスか」

「うるせえ。前見て運転しろ」

「だって、このままじゃ、月間ゼロでしょうが。この際、頭切り換えて……」

荻野の言いたいことはわかる。大物を狙わずコソ泥を何人か引っ張り、コツコツ数字を積み上げていく手もある。署長だってその方が喜ぶだろう。だが、そんな細かい仕事をしているうちに、万一、有坂たちに野々村をもっていかれでもしたら――。

実際にそうされた時の自分の悔み顔を見た気がして、尾花は体の芯《しん》を熱くした。

「野々村以外にいないんスかね、管内にいい泥棒は」

荻野は泣きを入れるように言った。

いい泥棒か……。

尾花の頭に名前が浮かんだ。その男の異名のほうは脳の皺《しわ》に刻み込まれている。

「宵空《よいあ》きの岩政」――。

父が県警を退官した日、駆け出し刑事だった尾花に引き継いだ大学ノート二十冊に及ぶ「盗人控《ぬすっとひかえ》」。そのうちの六冊までが、岩田政雄《まさお》に関する情報と研究の記述だった。宵の口に空き巣を働く一貫した手口。サッシ窓を音もなく三角形に割る秘技。年間千二百件に及ぶ犯行。泥棒刑事であれば誰もが一度はその手に手錠を掛け、取調室で対峙《たいじ》したいと願う男――。

だが、それはもはや叶《かな》わない。ひと月前にQ刑務所を出所した岩田政雄は、全国各地の名のある刑事宛《あて》に葉書を送りつけてきた。たった一行。いわく。

還暦ニツキ引退イタシマス。

「ハナさん……?」

「ん?」

「どうしたんスか、ぼんやりしちゃって」

「なんでもねえ。急げ」

「えーと、香苗のヤサでいいんスか」

「そうだ」

身長百六十二センチ。胡麻塩頭《ごましお》。黒色ジャンパーを好んで身につけ――。

尾花は意識せぬまま、車窓に流れる舗道の人波に、岩田政雄の姿を探していた。

2

ほどなく松崎町にある三階建てアパートに到着した。

二階。右から三番目の1K。窓もカーテンも開け放たれ、洗濯物を干す町田香苗のシャープな横顔が覗《のぞ》いた。女子大の四年生だとこちらが知っているからだろうか、朝の彼女はひどくのんびりした動きに映る。

「三ツ鐘61」は覆面車だから目立たない。一度アパート前の道を流したあと、公園脇《わき》にとめて車を降り、二人はアパートの斜向《はすむ》かいの電気店に入った。

「親父《おやじ》さん、邪魔するよ」

尾花が声を掛けると、でっぷり太った店主が顔を上げた。

「ああ、熱心だね毎日」

「追い込みだから」

おざなりに言いながら茶の間を突っ切り、朝飯の片付けをしていた店主の女房にするかしないかの会釈《えしやく》を向けて奥の階段を上がった。こうした「協力者」との付き合いにまだ慣れていない荻野は、店主と女房にへこへこ頭を下げながら、ネコ科の足取りでついてくる。

道路に面した六畳は、高二の長女江里子の部屋だ。中学時代から不登校をやっていて、今朝もベッドに転がりアニメのビデオに見入っていた。互いに無視。そんなルールが出来上がっている。

荻野が窓に張りついた。カーテンを細く開き、町田香苗の部屋を覗く。

「どうだ？」

「……いないみたいスね」

「代われ」

尾花は荻野をどかして目を凝らした。およそ十メートルといった距離。香苗は奥のキッチンだ。こちらに背中を向け、冷蔵庫の中を整理しているふうだ。手前の八畳間。いない。壁際のベッドもカラだ……。

思わず落胆の息が漏れる。

今日で五日連続通ったが、まだ野々村一樹の姿を見ていない。奴《やつ》の仕事の時間帯は圧倒的に深夜が多い。以前は、仕事を終えると夜明け前にここへ転がり込み、昼過ぎまで眠るというのが一つのパターンとしてあった。

「別れちまったんですかね。もったいねえ」

荻野は口の中でピチャッと卑猥《ひわい》な音を立てると、尾花に代わってまたカーテンの隙《すき》間《ま》に右目を当てた。

「いや……」

野々村は香苗にぞっこんだった。服。バッグ。ネックレスに指輪。仕事のアガリも彼女に相当注ぎ込んでいた。外資系の投資顧問会社に勤めているから深夜の勤務になる。そう彼女を言いくるめ、わざわざニセの給与明細まで作って見せていたぐらいだから、一年ぽっちの服役で足が遠のくとも思えない。

「干し物はどうだ?」

尾花が聞くと、また、ピチャッの音。

「下着は室内に干してます。外にはシャツとか短パンとか無難なやつだけ……」

「そうじゃねえ。男物だ」

「ああ、そっか。えーと、ありますよ、パンツが三枚。でも、一人暮らしの娘はよくやりますよね、痴漢よけに」

だが、三枚は干すまい。思った時、ベッドから気だるい声がした。

「例の男の人さあ、来るよ。夜遅くとかに」

尾花が振り向くと、江里子はもうアニメの映像に顔を戻していた。

「夜遅くって何時ごろ？」

「十二時とか一時とか」

尾花は首を傾《かし》げた。その時間帯、野々村は事務所や車を荒していなければならない。

――どういうことだ？

「ハナさん！」

荻野が小さく叫んだ。

「なんだ？」

「アリさんたちの車、ほら！」

尾花は窓際に張りついた。下の道路。紺のセダンがのろのろとアパートの前を通り過ぎ、しばらく先の空き地でUターンして戻ってきた。はっきりした。有坂たちの狙いもやはり野々村一樹なのだ。

尾花はハッとした。すぐ先の公園の脇に「三ツ鐘61」を止めてある。連中が見れば一目で――。

「来い！」

二人は階段を駆け下り、電気店の裏口から飛び出して路地を走り、公園の裏手に回った。が、遅かった。「三ツ鐘61」に紺色のセダンが横付けされ、窓から首を突き出した有坂が、サイドウインドウ越しに車内を覗き込んでいた。

尾花はゆったりとした足取りでセダンに歩み寄った。平静を装《よそお》う。

「よう、有坂。奇遇だな」

銀縁眼鏡が振り向いた。驚くでもない。

「おう、なんかどこかで見たような車があったんでな」

「中を見たって資料やメモはないぜ」

「ハハッ、それほどネタに困っちゃいないさ。そっちはどうだ？　いいネタを握ったか」

「見ての通りのオケラだ」

「まっ、お互いに気張ろうぜ。署長に恥かかせないようにな」

「ああ」

二人とも香苗のアパートの方は見ない。それぞれの部下である荻野と松村も同じで、目線を互いの足元に落としたまま身を硬くしている。

「それよか、聞いたか」

有坂が意味ありげに言った。

「何をだ？」

「岩政が舞い戻ってるらしいぜ。ウチの係長が駅前で見かけたってよ」

——馬鹿《ばか》野郎が。

尾花は怒声を呑《の》み込み、驚いた顔を作った。

「ほう、ヤマ踏んでるのか」

「さあな。けど、やるんじゃないのか。あの男のことだからな」

岩田政雄の引退を知らない刑事はいないが、奴がまた動きだせば、そう願っている刑事が大勢いることもまた確かだ。そこをつつくとはいかにも有坂らしい。「宵空きの岩政」に親子二代、特別な感情を抱いている尾花を揺さぶり、二兎《にと》を追わせる腹だ。

——その手には乗らねえ。

「情報ありがとよ」

「礼はパクってからでいい」

有坂は笑いながら言い、だが次の瞬間には険しい顔になって、出せ、と松村に命じた。向こうは向こうで、尾花たちの狙いが野々村だとはっきり知ったのだ。

途端に緊張の解けた荻野が口を開いた。

「ハナさん、岩田政雄ってそんなにいい泥棒なんスか」

「忘れろ」

尾花は、半分は自分に言い聞かせて車に乗り込んだ。今は一刻も早く野々村の所在を掴むことだ。まかり間違っても、盗犯特別捜査班の椅子《いす》を有坂にくれてやるわけにはいかない。

3

荻野に三ツ鐘駅改札口の張り込みを命じ、尾花は駅裏の「チンジャラZ」へ回った。

午前十時半。パチスロは満席。フィーバー台も七分の入りといったところだ。老人や主婦を除けば、この時間店にいる客は十人に九人までが訳あり顔だが、尾花が探しているのは残りの一人だ。

リスだかネズミだかのようなチョコマカした生き方をしているから、顔も大体そんなふうだ。矢部俊夫《としお》は、人も疎《まば》らなハネモノ台コーナーの真ん中辺りに張りついていた。根っからの遊び人でありながら、時間ばかり食って大した稼ぎにもならないハネモノ台に執着するあたり、運の領域にまで人為を持ち込みたがる典型的なA型人間だ。

「どうだ按配《あんばい》は？」

尾花に肩を叩《たた》かれた矢部は一瞬怯《おび》えた表情を見せたが、すぐに台に目を戻して口を尖《とが》らせた。

「ダメダメ、いったりきたり」

「例の件、聞いといてくれたか」

「ああ、うん。アタリがあったよ」

矢部は土着の人間で、おそろしく顔が広い。

「いたのか？　野々村を見かけた奴が」

「先週、ザクザクパーラーにいたらしいよ」

しばらく前に新装オープンした、郊外型のパチンコ店だ。

「先週か……。何時ごろだ？」

「夜だって。九時ごろって言ってたかな」

——妙だな……。

尾花は首を傾げた。

少々遊びの時間が遅すぎはしまいか。

仕事に入る前の野々村は、午後七時過ぎにはサウナに腰を落ちつける。そこで軽い食事をとり、マッサージでくつろぎながら仕事開始の時間を待つ。尾花の脳にはそう入力されている。

その野々村が午後九時にパチンコをしていたという。そして、電気店の江里子の話を信用するなら、夜中の十二時一時にはもう女のところへしけこんでいる。ならば一体いつ仕事をしているのか。

服役後に行動パターンを変えるというのは若い泥棒にありがちだ。二度と逮捕されたくない。もう刑務所は真っ平だ。至極当然の心理ではあるが、それがそのまま野々村に当てはまるかといえば大いに疑問だ。二十八歳と若いが、既に三度の刑務所暮らしを経験し、一端《いっぱし》の泥棒を気取っている。野々村にとって逮捕や服役は職業的リスクではあっても、もはや恐怖の対象ではないはずだ。

尾花は矢部に向き直った。

「それだけか」

「あとね、トニーの店で野々村と出くわしたって奴がいたよ。半月ぐらい前の話だけど」

「トニーの店で？」

二つ目の情報は意表をついていた。

「邪魔したな、続けてくれ」

尾花がポンと肩を叩いて歩きだそうとすると、思いがけず神妙な顔が向いた。

「尾花さん、親父さんの具合どう？」

「相変わらず寝たっきりだ。口もきけねえ」

「そうなんだ……。よろしく言っといて」

「ああ」

尾花は台を離れた。この矢部俊夫も父から引き継いだ遺産だ。中学生だった矢部が万引きをして署に突き出された時、当直でいた父が盗品の代金を店に弁償し、無罪放免にしてやった。矢部は恩を忘れず、その後、何百もの情報を父に提供し続けた。中には「岩政」に関する塒《ねぐら》の情報もあった。それをもとに父は一度だけ勝負に出た。寝込みを襲って岩田政雄に手錠を掛けたのだ。二十日間対峙した末にヤマを三件自供させた。たった三件。だが、長い刑事生活の中で、それが他の何より嬉《うれ》しかったのだろう、飲むたびに繰り返し息子に自慢したものだった。

刷り込みとは恐ろしい。尾花もまた、野々村が「トニーの店」を訪ねたと聞かされた途端、「岩政逮捕」を夢想した。

《「トニーの店」のスポンサーは岩田政雄である可能性が高い》

父の「盗人控」にはそう記してあった。

尾花は早足でパチンコ店を出た。

雑踏が目に飛び込む。野々村を追っているのか。岩田を追っているのか。尾花はふっとわからなくなった。

4

駅前のラーメン屋で早い昼食をとり、荻野に再び改札口の張り込みを命じると、尾花はくわえ楊枝《ようじ》で「トニーの店」を目指した。

スクランブル交差点を渡り、決まりきった灰色の中層ビルを三つ、四つ、五つと数えながら七つ目で足を止めた。ビルとビルの切れ目に、測ったように大人の肩幅スレスレの隙間がある。モルタルの外壁に背広を擦《こす》らぬよう注意しながら歩き、クーラーの室外機を潜り、そうして十メートルほど進むと、裏手のビルの背で行き止まりに見えるほんの少し手前に、右に折れるしぶとい路地がある。曲がってすぐが目的の店だ。住宅地図にも載っていない、暗くじめっとした場所に佇《たたず》む掘っ建て小屋。「トニーの店」というが、看板が掛かっているわけでも外国人がやっているわけでもない。曇りガラスの右端を二度、左側を三度叩く。すぐに立て付けの悪い窓が開いた。脂《あぶら》の浮いた鼻先に老眼鏡をのせた六十年配の男がヌッと顔を突き出し、その眼鏡の上からじろりと尾花を見た。

「ああ、アンタか」

「五万頼む」

「待ってな」

ぶっきらぼうに言って、男は窓をぴしゃりと閉めた。金庫を開けるところは決して見せない。

尾花は口の端にあった楊枝をプッと吹いて窓にぶつけた。十日で二割の法外な利息をもじって「トニー」という。こうしてどこの街にも必ずあるが、借金苦に喘《あえ》ぎ、街金や「トイチの店」を踏んできた者だけがこの狭いビルの隙間《すきま》を分け入る。元々知っていたから来るのではなく、そうなってみて初めて知るけものみちだ。

窓はすぐに開き、男は怨念《おんねん》の籠《こ》もったようなしわくちゃの一万円札を重ねて突き出した。利息は先払いだから手渡されるのは四枚だ。尾花は自分の財布から一枚取り出し、五枚にして男の手に戻した。毎度のことだから男も黙って受け取り、面倒は嫌だぞ、の顔を尾花に向けた。

「何が聞きたい？」

「野々村という男が来たろう？」

「野々村……？」

「泥棒野郎だ」

「知らんな。泥棒が金を借りに来るようじゃお終《しま》いだろう」

「じゃあ質問を変える。ここに岩田政雄って男を訪ねてきた奴《やつ》はいなかったか」

男の顔色が変わった。

岩田がこの店のスポンサーだという話は本当なのかもしれなかった。岩田の生涯成績からすれば、千万単位の金を溜《た》め込んでいたとしてもなんら不思議はない。「盗人《ぬすっと》控《ひかえ》」には、岩田は酒も女もギャンブルもやらず、煙草《たばこ》すら吸わないと記されている。金を浪費する術《すべ》を知らないのだ。引退と聞き、身寄りのない岩田がどう生計を立てていくのか気になっていたが、稼いだ金を闇金《やみきん》に出資しておいて、そこから定期収入を得ているのだとするなら合点がいく。

無駄と思いつつ、尾花はもう一度聞いた。

「男が訪ねてきたろう、岩田政雄を」

「知らんな」

男は精一杯シラをきったが、刑事を十年もやっていれば大概の嘘《うそ》は見抜ける。

野々村がここに岩田を訪ねてきた訳もおおよそ見当はついていた。野々村と岩田は同じ時期、同じQ刑務所に服役していたことがあった。野々村が一足早く出所したが、同郷だから塀の中では話もしただろう。再会を約束し、出所後の連絡場所として、自分がスポンサーであるこの店を指定した。

だとするなら、岩田は三ツ鐘に舞い戻っている。有坂の上司が岩田を駅前で目撃したという話もあった。何十年もの間、全国各地の安宿を泊まり歩く生活をしてきたが、いよいよ生まれ故郷の三ツ鐘に腰を落ちつける決心をしたのかもしれない。

だが……。

岩田の残りの人生に何があるのだろう。

家族も友人もいない。遊びも知らない。金だけがある。食える。寝る場所もある。だが、「仕事」は捨てた。目の色を変えて自分を追い回してくれる刑事たちの姿も消えた。

余計なお節介には違いなかった。それでも尾花は岩田の孤独を思った。食って、寝て、老いさらばえてゆくだけの日々——。

背後でせっかちなヒールの足音がした。女。つり上がった目。かさついた肌。四十半ば。いや、実際は三十代かもしれない。この路地での金策は寿命すら縮める。

「行ってくれ。商売の邪魔だ」

嗄《しわが》れ声に急《せ》かされ、尾花は踵《きびす》を返した。

岩田はまた動きだす。

予感がした。願望かもしれなかった。尾花はいま、自分が「宵空きの岩政」の最も至近にいる刑事であることを疑わなかった。

5

午後から夜にかけて、野々村の立ち回り先を歩いた。競輪の場外車券場、パチンコ店、雀荘《ジャンそう》、スナック、サウナ……。午後十一時からは、電気店の二階で町田香苗の部屋を張った。午前一時まで粘ったが、野々村は現れなかった。「あとはアタシが見といてあげるよ」。江里子の申し出はさすがに断ったが、内心期待はした。

午前二時。約束があると拝む荻野を放免してやった。相手はデパートの売り子だ。先月ようやく体の関係になったというから、今が一番楽しい時期に違いない。

尾花は署の刑事課に上がり、更衣室を兼ねた仮眠室に転がった。三ツ鐘署は職住一体の造りで、家族官舎は目と鼻の先なのだが、カップ麵《めん》と寝息だけが待つ部屋へわざわざ帰る気はしなかった。浮腫《むく》んだ足を靴から解放してやると急速に眠気が襲ってきた。それを振り切り、個人ロッカーの鍵《かぎ》を開け、「盗人控」の束を引っ張りだす。

No.1からNo.6までが「宵空きの岩政」に関する記述だ。人相、身体特徴、生い立ち、家族、親族、学歴、学業成績、病歴、嗜好《しこう》、習癖、訛《なま》り、口癖、偽名……。過去の犯行場所、犯行時間、準備方法、侵入口、侵入手段、侵入用具、物色方法……。

岩田の泥棒人生がこの六冊のノートに詰まっている。県警本部で作成している犯罪手口原紙よりも詳細な内容だ。しかし、だからといってすべてがわかっているわけではない。音もなくサッシ窓を三角形に割る秘技は、今もなお解明できない謎《なぞ》だ。父はノートの中で推論を展開している。

《おそらく岩田はまず百円ライターで窓ガラスを温めるのだ。現場のガラスに残された微量のススがそれを裏付けている。煙草を吸わない岩田がなぜライターを所持していたか。まずそこに着目した。ライターであぶられたガラスは強度を失い――》

《岩田は常にドライバーを三本所持している。うち二本を犯行時に使用し、残る一本は破損や紛失した際の予備と考えられていたが違うようだ。岩田は三本のドライバー

を同時に使い――》
　支点、力点、作用点。説得力があるともないともいえる父の推理が図解入りで何頁《ページ》にも及ぶ。
　走り書きもそこかしこに散見する。酒でも飲んでいたか。いわく。
《いい泥棒は刑事を狂わせる》
《岩政は禁断の果実》
《トランプのジョーカーのようなもの》
　初めて読んだ時は思わず噴き出したものだが、今の尾花は笑えなかった。
　――どうかしちまってる。
　尾花はそのことに笑った。盗犯月間の真っ最中だ。手持ちの泥棒はゼロ。野々村は所在すら摑《つか》めていない。なのに、貴重な睡眠時間を削ってまで引退した泥棒の資料に目を通している。
　――寝よう。明日も早い。
　うつらうつらしはじめた時だった。いや、もう寝息を立てていたかもしれない。体が揺すられた。目を開けると、交通課の新米巡査の顔があった。
「すいません。お休みのところ」

「どうした？」

言いながら時計を見る。午前三時近い。

「空き巣の届け出がありまして。刑事課の当直の人がボヤの現場へ臨場《りんじょう》しているものですから」

被害に遇《あ》ったのはスナックのママの自宅だという。そう聞いて、遅い時間の届け出に得心した。

「わかった。俺が行く」

両手にひとすくいの水で眠気を飛ばすと階段を下りた。当直席にいた鑑識係の巡査が、いま車を回します、と尾花に声を掛けて通用口から出ていった。

予感めいたものがあったわけではなかった。当直席でぼんやり車を待っていた。何の気なしに流した視線が当直デスクの事件受理簿をなめた。

《ガラス窓が三角形に割られ――》

尾花は走りだした。署庁舎を出て、全速力で駐車場へ走った。驚く鑑識係の巡査を助手席に追いやり、自分でハンドルを握って署を飛び出した。

五分で現場に着いた。

ママは髪を振り乱して悔しがっていた。その声は耳に入らなかった。

割られたサッシ窓を見る。

三角形に割られていた。見事に。尾花は地面に突っ伏してガラスの破片に目を凝らした。表面にうっすらと黒っぽい粉が吹いている。ほこりか。砂か。それとも、ススか。

どれとも判別できなかった。だが、尾花は確信していた。

「宵空きの岩政」が動きだしたのだ、この管内で。

6

尾花は一睡もせず、朝もやの中、県警本部へ車を飛ばした。

本部ビル四階の刑事部捜査第一課。噂《うわさ》通りだった。手口係の財津専門官は誰よりも早く出勤し、しんと静まり返った部屋でひとり新聞に目を落としていた。

「おはようございます」

「おっ、尾花ジュニアじゃねえか。どうした、こんな早くに」

「ちょっと聞きたいことがありまして」

県内で発生した刑事事件の情報はすべてこの男のもとへ届く。犯行手口を即座に分析し、過去の類似事件の手口と照会して犯人を割り出すのが仕事だ。その財津は元をただせば盗犯係の刑事だから、泥棒の手口にはとりわけ詳しい。一昔前の話になるが、尾花の父と同じ所轄《しょかつ》で腕を競い合ったこともあったと聞く。そのせいか、初対面に近い関係でありながら、財津の態度は親しげだった。

「何が聞きたい？」

他に誰がいるわけでもないが、習慣で尾花は声を潜めた。

「実はゆうべ、ウチの管内で三角割りの空き巣被害がありました」

財津が目を輝かせて身を乗り出した。

「岩政じゃないか、ってことだな？」

ズバリ返されて、尾花は鳥肌が立つのを感じた。

「ええ。見事な三角割りでした。見てください。これが写真です」

鑑識の巡査に余分に焼かせた一枚だ。

「どれ……」

財津はブツを読む目になった。

「うーん、確かにうまく割れてるなあ」

「やっぱり岩政ですか」

「写真だけじゃ断定はできんな。ちょっと三角形の形や大きさが違うような気もするが……。しかしまあ、奴《やつ》も歳《とし》だし、服役のブランクもあるから、多少は腕が落ちたのかもしれんな」

「なるほど」

「ガラスにススはついてたのか。見てきたんだろう？」

「ええ。鑑識の者が言うには間違いなくススだろうと。今日、鑑定に回しますが」

「ススがあったのなら決まりだな。ガラスを火であぶるなんて他の泥棒は真似《まね》したりせんよ。暗がりに炎は目立つと思うからな。だが、実際、奴がそれで一一〇番されたことはない。黒いジャンパーで巧みに炎を隠すんだ」

断定はできないが、限りなく岩田政雄の犯行に近い。財津の結論はそうだった。

「しかし、引退宣言までしておいてまた動きだしちまうとはなあ、なんか哀れでさえあるな。結局、泥棒は泥棒でしか生きられないってことか」

尾花は深く頷《うなず》き、だが、別の頭で最後の一言をどう言おうか考えていた。

「あの……専門官」

「ん？」

「私がここへ来たこと、どうかご内聞に願います」

財津は眩《まぶ》しそうに尾花を見つめ、ややあってニヤリと笑った。

「親父《おやじ》さんに似てきたな」

「えっ……？」

「わかってる。俺もデカの端くれだ。誰にも言わんよ」

「ありがとうございます」

丁重に礼を言って、尾花は課を後にした。本部ビルの階段を下る。下りながら誓った。

「宵空きの岩政」を捕る。捕って、今度はこの本部の階段を駆け上がる。

7

ハンドルを握る荻野は不貞腐《ふてくさ》れているようにさえ見えた。

的を岩田政雄に切り換える。尾花がそう宣言して五日経《た》ったが、岩田の所在に関する手掛かりはさっぱり摑めなかった。

尾花は邀撃《ようげき》捜査の手法を取り入れた。過去のデータから岩田が仕事をする可能性が高いと予想される地区を五つ選びだし、夕方から夜にかけて各地区を車で巡回する。

本来の邀撃捜査は、その五地区にそれぞれ捜査員を配置して犯人を待ち伏せするわけだから、車両一台ですべてを賄《まかな》う尾花たちの捜査はいかにも手薄で心もとない。

「ハナさん」

「なんだ？」

「ホントに舞い戻ってるんでしょうね、岩田って奴」

「お前も聞いたろう。駅前で見られている」

「でも、それっきりでしょう？　ちょっと立ち寄っただけかもしれないじゃないスか」

荻野は口を尖《とが》らした。捜査の実感がない。野々村を追いかけている方がまだマシだ。そう顔に書いてある。

「そこ、右に入れ」

車は「第二地区」の住宅団地をゆっくり巡回していた。薄暮。家の窓にちらほら明かりが灯《とも》りはじめた。そろそろ「宵空き」の職業泥棒たちが動きだす。この時間、窓が暗いままの家は、連中に留守宅であることをむざむざ知らせてしまう。

——どこにいやがる。

尾花の内面も穏やかではなかった。

岩田を捕りたい。その思いはかなりのところまで高まっていて揺るぎがない。だが、岩田を見つけ出せないまま盗犯月間を終えたとしたらどうなるか。検挙件数ゼロ。盗犯特別捜査班はおろか、泥棒刑事失格の烙印《らくいん》を押されないとも限らない。

父の走り書きがふっと心に浮かんだ。

岩政は禁断の果実……。

そうなのかもしれない。自分は甘い香りに誘われて齧《かじ》ってしまったのか。

その時だった。車載無線が入った。

《本部から三ツ鐘――》

緊迫した指令室の声。胸騒ぎがした。三ツ鐘署が応答する。

《三ツ鐘です、どうぞ》

《現在一一〇番入電中！　住居侵入。マル被《ひ》は家人に発見され逃走中。場所――三ツ鐘市金石町三丁目》

心臓が早打ちした。何か喋《しゃべ》ろうとした荻野を手で制す。

《マル被の人着《にんちゃく》にあっては――身長百六十センチから百六十五センチ。年齢六十歳前後。胡麻塩《ごましお》頭。黒色ジャンパー。現場から東方に向かい徒歩で逃走中》

尾花は一つ一つの情報に小刻みに頷いた。合致する。すべてが。

「岩田だ。間違いねえ」
「ホ、ほんとスか？」
尾花はマイクをひったくって怒鳴った。
「三ツ鐘61から三ツ鐘！」
《三ツ鐘です、どうぞ》
「住居侵入の件、傍受了解。これより現場へ急行する！」
《三ツ鐘、了解》
「飛ばせ！」
荻野に命じた時、また無線が鳴った。聞き慣れた声。
《三ツ鐘62、傍受了解！》
血が逆流した。有坂も現場へ向かう。
無線交信が続く。
《三ツ鐘から三ツ鐘62――現在地知らせよ》
《松崎町地内です、どうぞ》
町田香苗のアパート付近だ。
「あっちの方が全然近いスよ！」

無線が騒がしい。署の地域パトも出動した。機動捜査隊、警邏《けいら》隊の移動車両からも次々と《傍受了解》《現場へ急行する》の声が飛んでいる。

「絶対に一番乗りしろ」

「は、はい！」

荻野の目が血走っている。ルーフに回転灯を張りつけ、一般車両をぶち抜いていく。

「もっと飛ばせ！」

金石町の交番を通過した。その先の市道を右折。三本目の路地を左――。

見えた。民家の前に興奮した老婆《ろうば》の顔。交番から駆けつけたのだろう、制服警官が一人。しめた。車両はまだない。

急ブレーキで車が軋《きし》んだ。民家前につける。

尾花は窓から首を突き出した。

「どっちに逃げた？」

老婆が指をさして叫ぶ。

「あっち、あっち！　ああ、もう泥棒二度目なのよオ、五年前に入られてえ」

タイヤが鳴いた。荻野は自分の運転に怯《おび》えて口もきけない。

前方に市道。懸命に走る制服警官が二人。だが、逃げている男の姿は見えない。脇《わき》道《みち》を見ながら走る。二本目……三本目……四本目。黒いジャンパーの背中が一瞬目をかすめた。

「左だ！」

尾花が叫び、行き過ぎた荻野は、急停車、バック、左折と荒々しく車を取り回した。狭いスクールゾーンの道。しかも一方通行を逆走。約五十メートル先だ、小柄な胡麻塩頭が早足で逃げている。

もらった。

そう確信した時、前方から猛スピードで迫ってくる車が視界に飛び込んできた。紺色セダン。有坂だ。

岩田を真ん中に、挟み打ちの格好になった。が、協力して捕まえようとしているのではない、競争だ。どちらも速度を緩めない。いや、荻野がアクセルから靴底を浮かした。

「馬鹿《ばか》野郎、突っ込め」

「け、けど、あっちも——」

紺色セダンは速度を落とさない。ハンドルを握る松村の顔が引きつっているのがわかる。助手席に有坂の鬼面。先に岩田を押さえるつもりだ。

「いいから突っ込め！」

荻野が顔を逸《そ》らしながらアクセルを踏み込む。もう岩田はすぐそこだ。が、有坂のセダンも。すれ違えない。ぶつかる――。

急ブレーキのけたたましい音。怯《ひる》んだのは紺色セダンだった。次の瞬間、さらに激しいブレーキ音。「三ツ鐘61」は岩田の進路を塞《ふさ》ぎながら壁ぎりぎりに停止した。

「押さえろ！」

荻野が転がるように車を飛び出し、岩田の腕を摑《つか》んだ。尾花は無線マイクをひったくっていた。

「三ツ鐘61、マル被の身柄確保！」

勝ち誇った声は、空気を伝い、無線を通じ、わずか一メートル先に止まった紺色セダンの車内に響き渡ったはずだ。

紺色セダンが、ゆっくりとバックを始めた。松村の上気した顔。有坂は――。微《かす》かな笑みを浮かべていた。悔しまぎれか。強がりか。得体の知れないその笑みが遠ざかっていく。

岩田は抵抗するでもなく、荻野に丸い背を押されて車に乗り込んできた。しわくちゃの顔に、白目の白がやけに際立《きわだ》つ鋭い眼光。その目を見つめて聞く。

「岩田政雄だな？」

岩田は小さく頷いた。

「はい。確かに」

捕った。「宵空きの岩政」を――。

辺りはもう薄暗かった。だが、尾花は一点の曇りもない青空を見上げた思いだった。

岩政逮捕の報は、瞬《また》く間に全県下の泥棒刑事の耳に届いた。「三ツ鐘が捕った」「調べは尾花のせがれ」。嫉妬《しっと》と羨望《せんぼう》、そして、お手並み拝見の冷やかな空気が県下各地の刑事部屋に伝播《でんぱ》していった。

8

「ワシはもう引退しました。何も盗んじょりません」

取調室の岩田政雄は、そう言ったきり黙りこくった。

尾花は背中に冷たいものを感じていた。

岩田の所持品にドライバーはなかった。ライターも。手袋も。金は持っていた。一万円札十枚。だが、家に侵入された老婆佐竹ミツは「金は一円もとられていない」と言っている。他で盗んだ金なのかもしれないが、しかし周辺の地区から宵空きの被害届は一件も上がってきていなかった。

俯《うつむ》いたまま黙する岩田を凝視しながら、尾花はじりじりとした思いで現場からの報告を待ちわびていた。

問題は佐竹宅の侵入手口だ。サッシ窓が三角形に割られていれば……。

「ハナさん」

取調室のドアが細く開き、荻野の顔が覗《のぞ》いた。

尾花は浮く足で外に出た。

「どうだった？」

「ダメです。ガラスは割られていません」

「ふざけたことをぬかすな。だったらどうやって入った？」

「鍵《かぎ》を締め忘れたって、婆《ばあ》さん」

尾花は青ざめた。

「おい、どうなってるんだ」

山根署長が声を掛けてきた。「大物泥棒逮捕」の報に舞い上がり、さっきから刑事部屋の中をウロウロしている。

「尾花、本当に逮捕できるのか」

「取りあえず、窃盗《せっとう》未遂でフダを取るつもりです」

「だが、窓は割ってないんだろう？」

「室内を物色していたことは確かです」

「婆さんは、仏間にいた岩田の後ろ姿を見ただけだっていうじゃないか。タンスに近づいたとかじゃなけりゃ窃盗未遂は厳しいぞ。おそらく地検も受け付けん。とにかく格好だけつけろ。住居侵入でフダを取れ」

それはできない。岩田に足元を見られる。警察は窃盗罪で立件できる手持ちのネタがないのだと見抜かれてしまう。

——どうすりゃいい……。

尾花は自分の心臓の鼓動を聞いていた。

県下のみならず、「岩政逮捕」は全国の泥棒刑事が注目する。このままでは大恥をかく。泥棒刑事として生きる道を失う。

一件でいい。たった一件、岩田に窃盗の事実を認めさせれば……。

尾花はハッとして顔を上げた。

——そうだ、あれだ。あれがある！

尾花は小会議室に駆け込み、警電の受話器を取り上げた。県警本部捜査第一課手口係、財津専門官のデスクを呼ぶ。

「もしもし、専門官ですか？　先日お邪魔した三ツ鐘の尾花です」

〈電話なんかしてていいのか。大捕り物をしたんだろう〉

思いがけず冷淡な声だった。

尾花は受話器を握り直して言った。

「先日の三角割りの件、詳しい結果が出ていないかと思いまして」

〈岩田にぶつけるのか〉

「ええ。ほかにネタがないもんですから」

縋《すが》る思いで言った。

〈付け焼き刃で岩田が落とせると思うか〉

「はい……。しかしもう身柄を……」

〈その資料なら、昨日、お前のところの有坂が持っていった。見せてもらうといい〉

耳を疑った。

有坂が？　なぜだ？

「専門官、なぜ有坂が――」

電話が切れた。

尾花は崩れるようにしてパイプ椅子《いす》にもたれ掛かった。

わからない。なぜ有坂が岩田の資料を。

奴《やつ》は野々村を狙《ねら》っていた。張り込みの最中に岩田が逃走中と無線で知り、現場へ飛んできた。あわよくば岩田の身柄を手にしようとした。当然だ。岩田と野々村では格が違う。泥棒刑事なら誰だって岩田のほうを選ぶ。

タッチの差で尾花に岩田を捕られた有坂は、野々村のマークに戻ったはずだ。しかしなぜ、野々村を狙う有坂に三角割りの資料が必要なのか。

まさか……。

尾花は膝《ひざ》に震えを感じた。

スナックママ宅の三角割りは野々村の犯行——そうだとするなら説明がつく。

野々村が岩田の手口を模倣したということか。

違う。岩田の三角割りの秘技は一朝一夕に真似《まね》のできるものではない。警察ですら、その手口を完全に解明できていないのだ。

ならばなぜ……?

尾花はカッと目を見開いた。

答えが見えた。

岩田と野々村は同じQ刑務所で服役していた。出所後、岩田は引退を宣言し、野々村は生活パターンを大きく変えた。刑務所内で「引き継ぎ」が行われた。そう考えれば腑《ふ》に落ちる。引退を決意した岩田は、長年培《つちか》った「宵空き」の手口を、同郷である野々村に伝授したのだ。あの三角割りの秘技までも。

有坂はすべてを知っていた。

岩田を逮捕するつもりなど最初からなかった。岩田逃走の無線が入った時、現場近くにいながら一番乗りを避け、頃合いを見計らって姿を見せた。同着を装《よそお》って現場の緊張を高め、尾花に「引退した泥棒」を確実に押しつけた――。

あの時の情景が脳裏に浮かんだ。

有坂の笑み。

強がりでも悔しまぎれでもなかった。あれは、会心の笑みだったのだ。

やられた……。

尾花はうなだれた。しばらくの間、椅子から立ち上がることができなかった。

9

夜遅くになって、有坂・松村のコンビが野々村一樹を引っ立てて署に凱旋《がいせん》した。ラーメン屋で身柄を押さえた。逮捕事実はスナックママ宅への「宵空き」。サッシ窓をライターの火で炙《あぶ》り、三本のドライバーを使って三角形に割った——。

「有坂の野郎……」

荻野が忌《い》ま忌《い》ましげに言ったが、尾花は返事をしなかった。

有坂にしてやられたのは確かだ。しかし、本当にそうだったのか。奴はなぜ、「引き継ぎ」のからくりを知り得たのか。

知恵をつけた人間がいた。

尾花が達した結論はそうだった。

県警本部手口係の財津専門官……。あれほど多くの盗犯手口に精通した男が、三角割りの「未熟さ」を「衰え」と見間違うことなどありえるだろうか。

その昔、財津は尾花の父と同じ所轄《しょかつ》で泥棒刑事をしていた。腕を競い合った、と言えば聞こえはいい。同じ所轄。同じ刑事課。同じ釜《かま》の飯……。だが、果して人間的な付き合いはどうだったか。尾花と有坂。奇麗事を許さぬ関係が現にここに存在する。

あの朝の、財津との会話が胸に苦かった。

《私がここへ来たこと、どうかご内聞に願います》

尾花が言うと、財津はニヤリと笑った。

《親父《おやじ》さんに似てきたな》

尾花は足取り重く、取調室に向かった。

自問していた。自分は一体、父から何を受け継いだのか。

尾花は取調室に入った。もう午後十一時を回っている。

岩田はただ静かに席にいた。

「何も出ませんや。もうこの辺でよしにしましょう」

尾花が言おうとしたことを岩田が言った。

「岩田——」

目脂《めやに》の張りついた小さな瞳《ひとみ》を見つめて言った。

「一つ聞かせてくれ」

「何です?」

「なぜ野々村一樹に三角割りを教えた」

「はて、野々村ねえ……」

岩田は惚《とぼ》けて見せた。

「さっき捕まったよ。デカの目の前で下手くそな三角割りをやって」

岩田の瞳に、微かに失望の色が浮かんだ。

「はーん、そうでしたか。それはそれは、ご迷惑をばおかけしちまって」

「なぜ引き継いだんだ」

岩田は、ほう、と溜《た》め息《いき》をついた。

「難しい質問ですねえ。そりゃあでも残したいでしょうが、誰だって一つぐらい、この世に。せっかくまあ生きてきたんだしねえ、いいことでも悪いことでも、やっぱり一つぐらいはねえ」

尾花は頷《うなず》きそうになった。

「継がせる相手を間違えたな」

「いいんですって、それで。馬鹿《ばか》な息子だからって、息子じゃないってことにはならんでしょう。こっちが教えたくて教えただけで、それでもうすっかり満足ってわけでして」

そんじゃあ、と岩田が腰を上げた。ぺこりと尾花に頭を下げ、ドアへ向かった。その背に声を掛けた。

「あと一つ――」

「はい？」

「教えてくれ。なぜ引退したアンタが年寄りの家に入ったりしたんだ」

岩田はガリガリッと胡麻塩頭を掻《か》いた。

「ちっとばかり、金を返してやっかと思いましてね」

尾花は啞然《あぜん》とした。

「金を返すため……？」

「そ。おたく、尾花さんの息子さんでしょうが。さっき、若い人にちょろっと聞きましたんでね」

「ああ、そうだ」

「でね、おたくの父上さんに言われたですわ、さんざんっぱら」

「何を？」

「わしらに入られるとですね、そこんちの者がうんと嫌な思いをするとか、とくとくとね。身寄りのない年寄りの話とかも、虎《とら》の子を盗まれてひどく嘆いてるぞとか、いやもう長々と説教されましたわ」

そこまで聞いて思い当たった。一一〇番した佐竹ミツは五年前にも泥棒に入られたと叫んでいた。

「仏心が生まれたって言いたいのか」

「まあ、そんなところですわ。お迎えも近いようですし、ほれ、やっぱし、いいこともなんか残さないとだから」

小さな怒りが込み上げた。

「だったら、こっそり返さず、ちゃんと婆さんに詫《わ》びるんだな」

岩田は破顔して言った。

「やあやあ、おたく、やっぱし、父上さんに似てますなあ。思いっきり欲が深いのに、どっかクソまじめなとこがあってね。いやあ、ホント、親子って面白いわ」

尾花は言葉を返さなかった。

岩田の消えた取調室で一人、物思いに耽《ふけ》った。胸に渦巻く感情は、なにも尖《とが》ったものばかりではなかった。

訳あり

I

三ツ鐘署の一階、正面玄関を入ってすぐ右手の警務課には当直用の石油ストーブが出されていた。ボイラーがいかれ、朝から暖房が一切きかない。業者は来たが部品が足りず、修理は午後になるという。

そんな騒ぎがあったすぐ後だったから、警務係長の滝沢郁夫《いくお》は、「不採用決定」の電話に厄日を思った。

「そこをなんとか、再度ご検討願えませんでしょうか。先日お話ししましたように、鈴木はすこぶる真面目《まじめ》です。健康状態も良好ですし、外の勤務もこなせると本人も申しておりますので」

〈なにぶん、上の決定ですので……〉

電話の相手は生命保険会社の人事担当者である。先週、その生保の支社に出向き、近く定年退官する鈴木巡査長の再就職を頼み込んであった。事務職は無理でも、保険調査員としてなら何とかねじ込める。しっかりした手ごたえを得ていたから、突然の断りの電話に滝沢は気持ちが追いつかずにいた。

〈誠に申し訳ございません〉

電話の声は恐縮しきっていた。どこの企業だって警察とはいい関係を保っていたい。人事担当者は詫《わ》びの言葉を重ね、そうしながら不況だのリストラだの殺し文句を巧みに会話にちりばめ、最後には、〈来年は必ずお付き合いさせて頂きますから〉と苦し紛れのカラ手形を切ってみせた。向こうは向こうで、悩んだ末なのだろう。

「わかりました……。今後ともよろしくお願い致します」

受話器は静かに置いたが、滝沢の内面は失望と腹立たしさでささくれ立っていた。焦《あせ》りもある。生保が駄目となると、もうツテがない。スーパーの保安係も、興信所も、県警ＯＢが社長を務める地元の警備会社にまで断られてしまっているのだ。

「鈴木さんの件、芳《かんば》しくないんですか」

気遣うような声がして、主任の藤原が湯呑《ゆの》みを差し出した。

「ああ。どこも人減らしに懸命らしい」

「本部の方で探してくれないんですか。署じゃ限界があるんだし」

屈託ない台詞《せりふ》に、滝沢は内心舌打ちした。県警本部で再就職を斡旋《あっせん》するのは警視や警部で辞める上級幹部だけだ。一線の駐在で退官する巡査長の面倒まではみてくれない。いや、どうかお願いしますと本部の警務課に泣きつけば話は別だろうが、意地でもそうしたくない訳がある。

一昨年《おととし》まで、その本部警務課に在籍していた。課長席には、滝沢を三ツ鐘に飛ばした船山一郎がいる。

――くたばりやがれ。

滝沢は、白豚のような船山の顔を強引に消し去り、皺《しわ》深い男の顔を脳裏に呼び戻した。鈴木巡査長。岬駐在所勤務。六十歳。実直で慎ましい性格。その彼は再就職を切望している。結婚が遅く、だからまだ末の子は大学に通っていて金が掛かるのだ。

情けなくなる。身を粉にして警察組織の底辺を支えてきた老巡査長は、手取り十数万円の再就職口すら手にできない。幹部で辞めれば、黙っていてもそれなりの天下りポストが用意されるというのに。警察という組織は、結局のところ偉くならなければ駄目なのだ。一度は捨て去ったそんな黒々とした思いが、苛立《いらだ》ちを伴ってこみ上げてくる。

「係長、来ましたよ」

ボイラーの部品が届いたのかと思ったが、窓の外に向いた藤原の目は笑っていた。

「お巡《まわ》りさんが何かしでかしたらしいですね」

またか……。

滝沢は舌打ちを重ねた。

外の騒ぎは瞬《また》く間に署の正面玄関を通過し、警務課に移動してきた。

「おい、警察はこういうニセ警官を飼ってるのかよ」

怒り心頭といった職人風の若い男が、警備会社の制服を着た中年男の袖《そで》を荒々しく引いている。

見慣れた赤ら顔だ。「みつがね警備保障」に勤務する大里富士男。確か滝沢より二つ上だから、もう四十を超えている。叔父が刑事畑を歩いた警察官だった。その叔父に憧《あこが》れ、高校卒業と同時に警察官採用試験に臨んだがペーパーで落ちた。以来、採用対象年齢の上限である二十七歳まで毎年試験を受け続けた逸話の持ち主だ。「お巡りさん」。軽い侮蔑《ぶべつ》を込めて、三ツ鐘署の署員は彼をそう呼ぶ。

滝沢は深い息を吐いた。

――本当に厄日だな、今日は。

笑いをかみ殺した藤原が、課のカウンター越しに対応する。

「どうかしましたか」

「どうもこうもねえよ。この馬鹿《ばか》が、俺の車のフロントガラスにこいつをベッタリ糊《のり》で貼《は》りつけやがったんだ」

まくしたてた若い男は、無理やり引き剝《は》がしたらしい紙を突き出した。「駐車違反」。なんとかそう読み取れる。

「ちょっと停めただけなんだぜ。ふざけたマネしやがって。なあ、警備員がこういうことしていいのかよ。この野郎、警察の手が足りないからやってるってほざいたんだぜ」

まあまあ、といったふうに藤原が二人を引き離しに掛かったので、仕方なく、滝沢は大里の方を引き受け、廊下に連れ出した。

「大里さん、前にも何度か言いましたよね。警察に協力してくれるのはありがたいんだけど、そういう気持ちがあるのなら、こっちの仕事を増やさないでほしいんですよ」

大里は、警察学校の生徒と見間違うような初々《ういうい》しい敬礼を滝沢に向けた。

「みつがね警備保障二等警士、大里富士男、申告致します——自分は現在、地検三ツ鐘支部派遣隊の副隊長として日勤及び夜勤の警備業務に就いておりますが、地検東側の生活道路に、連日連夜、車庫代わりに違法駐車しているトラックがあり、周辺住民が大変迷惑しております。あの男が所有者と判明し、再三注意を促しましたが聞き入れないため、本日、貼り紙をもって厳重注意致しました。以上、申告終わり」

大里の言い分が正しいことはわかりきっている。おそらく、署の交通取締係にも何度となく電話を入れ、いよいよ誰も来てくれないとわかって強硬手段に訴えたに違いない。大里が男に言ったように、署は常に手が足りないのだ。

「わかりました。交通課には私のほうからよく言っておきます。ですから、後はこっちに任せてください。いいですね」

同じように言いくるめて男を帰したのだろう、藤原は腹の辺りで小さなＯＫサインを出しながら戻ってきた。またしても見事な挙手の礼を残して去っていく大里を細めた目で見送り、滝沢に笑った。

「ありがた迷惑って、あの人のためにあるような言葉ですよね」

「だな」

「しかし、なんかあの人と会うとくすぐったいですね。警察官になりたくてなりたくてたまらないなんて」

同感だった。いったい警察官のどこがいいというのか。息の詰まる階級社会。非番とて気は抜けない。酒。女。金。車の運転。一つの失敗も許されない毎日。仕事はきつい。その分、給料が高いというわけでもない。

高校時代の先輩に勧誘されて試験を受けた。長男であり、体の弱い両親を持つ滝沢にとって、生活の安定を約束された公務員は魅力的に思えた。「社会のために」。無垢《むく》な瞳《ひとみ》で使命感を語る警察学校の同僚たちは苦手だった。交番勤務時代、仕事で汗をかいた記憶は少ない。同僚がこぞって手を挙げた刑事専科教養にも関心がなかった。ある意味それが幸いした。警務部門の仕事に回された。うまくすればエリートコースに乗れる職域だった。水が合った。欲が出て懸命に泳いだ。偉くなる。偉くなりたい。いつしかそう考えるようになっていった。組織の上層部に食い込み、県警全体の指揮を執る立場に就く。一度はそんな野心を胸に抱いた。しかし――。

滝沢は首をぐるりと回した。

いまやるべきことはわかっていた。ボイラーの復旧と老巡査長の職探しだ。

大里の制服姿を見たからではないが、滝沢はもう一度、みつがね警備保障に鈴木巡査長の再就職を頼み込もうと意を決めた。小さな警備会社だ。守衛の派遣や道路工事現場の交通誘導といった細かい仕事ばかりを請け負っている。不況の煽《あお》りをまともに受けて経営が苦しいのだと社長は言っていたが、その社長は県警本部の生活安全部長まで務めた大物ＯＢだ。もうここをおいて他に老巡査長の行き先がない。そう迫れば、心中、波立つものがあるはずだ。

滝沢は警電表を手元に引き寄せた。「交番・駐在所」の頁《ページ》を開く。生保の面接は明日だと鈴木巡査長に伝えてあった。話がなくなったことを言っておかねばならない。なんとも気が重い。

岬駐在所　５５５－７６３

南無三《なむさん》か……。そんな語呂《ごろ》合わせを頭に受話器に手を伸ばすと、間が悪く、その電話が鳴り出した。

〈よう、元気か〉

殿池《とのいけ》明だった。県警本部捜査二課の次席。同期の出世頭である。

「何だ？　いま忙しいんだ」

〈邪険にするなよ。ちょっと相談事があってな。今夜、笹倉《ささくら》あたりで合流せんか〉

「相談事……？」

〈ああ。お前に頼みたいことがある〉

気乗りしなかった。ただでさえ再就職の件で頭が痛いのに、このうえ面倒な話を抱え込むのは真っ平だった。それに何かと本部風を吹かす殿池と飲んだところで楽しいことなど一つもない。
「すまんが、ちょっと今夜は――」
〈お前にとっちゃ、いい話かもしれん〉
いい話……?
殿池の声が低くなった。
〈この問題をうまく処理すりゃ、お前、本部に戻れるかもしれねえぞ〉

2

笹倉市は、県警本部のある県都と三ツ鐘市とのちょうど中間辺りに位置する。滝沢と殿池が警察官になって最初に配属されたのが、この企業城下町を管轄《かんかつ》する笹倉署だった。

ボイラーの修理が遅れたうえ、制服の合着《あいぎ》を取りに来ない刑事を課に呼びつけたりしていたものだから、滝沢が焼鳥屋の縄暖簾《なわのれん》を割ったのは、約束の時間を一時間も過ぎた頃だった。満席だ。そのすし詰めのカウンターを見回すうち、奥の小あがりで手が上がった。相談事というのはそれなりの内容らしい。

「駆けつけ三杯といくか」

殿池は、滝沢が座るのを待たずにビール瓶を突き出した。

「しっかし、懐《なつ》かしいなあ、ここは」

そう続けて、殿池は自分のグラスにも泡を立てた。そんなひと言に出世頭の驕《おご》りを感じるのは、やはり滝沢の僻《ひが》みだろうか。

スタートは一緒だった。警察学校を卒業すると、学校での成績の上位者から順にランクの高い所轄に配属されるしきたりだ。だから、ともに笹倉署を初任地とする滝沢と殿池は、まったく同じラインに立って号砲を聞いたことになる。が、今はどうだ。昇任試験に不利な刑事畑に進んだにもかかわらず、殿池の階級は警部。しかも本部捜査二課の次席といえば、数年後に警視昇任を狙《ねら》える位置だ。それに引き換え、警務畑のエリートコースを歩きながら、滝沢はいまだ警部補で足踏みをしている。

「お前、なんで警部試験受けないんだ」

見透かしたように殿池が言うので、滝沢は少々むきになった。

「船山が警務課長でいる間は受からねえよ」

「そいつだ。相談事というのはな、その船山課長を喜ばそうって話だ」

なんだと……？

滝沢は首を傾《かし》げ、殿池の顔をまじまじと見つめた。

「どういうことだ。ちゃんと話せ」

殿池はグラスを置き、辺りを見回した。忍び声。

「実はな、ボクに悪い虫がついたらしい」

「ボク……?」

滝沢は瞬《まばた》きを重ね、だが、思考はすぐに行き当たった。「ボク」「ボクちゃん」——本部の捜査二課長は歴代そう呼ばれている。

概《おおむ》ねどこの県警でもそうだが、捜査二課長ポストは、警察庁から出向してくるキャリア組の指定席だ。国家公務員I種試験に合格した彼らは入庁と同時に滝沢と同格の警部補になる。四年もすればもう警視に昇任し、二十五、六歳の若さで四十人からの部下を率いる地方の二課長席に座るのだ。

今いる「ボク」は……。森下雅典《まさのり》。名前は思い出せたが、昨春着任した際、地方紙の人事欄に載った写真を目にしただけの顔は、輪郭すらも浮かんでこなかった。

その森下によからぬ女ができたということだろう。「お守り役」である殿池にとっては重大事に違いない。「ボク」に部下掌握の帝王学をそれとなく伝授し、ちょっとした手柄を立てさせて職務の喜びを教え、そして何より、大過なく無傷で彼らを警察庁に送り返すのが捜査二課次席の大切な仕事だ。

「飲み屋の女とでもデキちまったのか」

滝沢がつまらなそうに言うと、殿池はふっと頼りなげな表情を見せた。

「まあ、そんなことだろうとは思うが……」

「ん？　相手がわかってないのか」

「三日前に電話でタレがあった。二課長が女のマンションに入り浸ってるってな。マークスプラザの近くのマンションだそうだ」

合点がいった。半年前にオープンした、その大型ショッピングセンターは三ツ鐘署管内にある。地の利のあるところで、滝沢に調べて欲しいということだ。だが――。

「ボクの件と船山はどう繋《つな》がるんだ？」

殿池はニヤリとした。

「笑え。船山課長の娘が、ボクにホレちまってんだよ」

「なに……？」

船山の娘。父親似で器量はよくない。性格も高慢だ。「もう！　ドレッサーはこっちだって言ったでしょ」。引っ越しの手伝いに出向いた滝沢たちを存分に顎《あご》で使ったあのわがまま娘だ。

「船山課長も本気でくっつけたがってるみてえなんだ。ま、そりゃあそうだろう。キャリアの女房になりゃあ一生安泰だ。それによ、船山本人にとったって、いいことずくめだろうからな」

「確かにな……」

万事、計算高い船山のことだ、まるっきり娘の幸せだけを考えているわけではあるまい。警察庁との「縁組」によって、いざという時の後ろ楯《うしろだて》を得る。船山自身の出世レースだってまだ終わったわけではないのだ。利用できるものはすべて利用し、邪魔なものはことごとく排除する。二年前、滝沢もやられた。

本部警務課の給与係から人事係に移ってすぐだった。幾晩も寝ずの作業を続け、警部補級以下の人事異動名簿を完成させた。その朝だった。船山に呼びつけられた。所轄で交通事故係をしている巡査を、本部の交通企画課に引き揚げろと言いだしたのだ。その巡査は県庁の筆頭部長の息子だった。現場は嫌だと親に泣きつき、その「嘆願」が船山に回ったことは容易に想像できた。徹夜で朦朧《もうろう》とした脳が、瞬時、拒否反応を示した。もう弄《いじ》れません。発した一言が、滝沢のその後を決した。警部試験は面接で落とされた。そして突然の異動。誰もが赴任を嫌がる三ツ鐘署に。

もう弄れません。その台詞《せりふ》を口にした時の気持ちがはっきりと思い出せない。極度に疲労していたことは確かだ。妻と別居して間もない頃でもあった。横紙破りの船山への反発もあったろう。正義感のようなものが一瞬湧《わ》き上がったのかもしれない。

だが、違う。それだけではなかった。

船山に対して自信があった。自分は船山に信頼されている。それを確認したかった。いや、さらなる信任を獲得しようとしたのだ。毅然《きぜん》たる態度で筋を通す。それは、イエスマン揃《ぞろ》いの部下の一団から抜け出し、船山の真の右腕となるための「売り込み」だったのだと今にして思う。

「滝沢。お前がボクの虫を駆除しろ。それとなく船山課長に伝わるようにしてやる。同期のよしみだ」

してやる……。同期のよしみ……。もはや二人の間の出世競争に逆転はありえない。そう確信していてこその高みの台詞だった。

席を立つなら今だろうと思った。

だが……。

滝沢はビールをあおった。

母は五年前から盲導犬の世話になっている。父もめっきり足腰が弱くなって近所の買い物もおぼつかない。長男の責任を果たすには、三ツ鐘の地はあまりに遠すぎる。

いや、それとて口実か。左遷《させん》。そうされてみて初めて知る悔恨と屈辱の思いは日々燻《くすぶ》り続けている。もう弄れません。あの一言さえなかったら、今頃は警部に昇任し、おそらくは人事の係長に……。

「タレ込んできた人間はわかっているのか」

返事は伝わったようだった。殿池は威勢よく熱燗《あつかん》を注文し、よし、とばかりにテーブルに身を乗り出した。

「タレたのは内部だ」

「内部？」

「ああ、間違いねえ。警電で直接、俺のデスクに掛けてきやがった」

警電でタレ込みとは穏やかでない。

「だったらお前の部下じゃないのか」

「聞き覚えのない声だった。マンションの場所からして三ツ鐘署の人間だろう。できれば、そいつも調べてくれ。一応は口にチャックしとかねえとな」

滝沢は一つ頷《うなず》いた。

「で？　今いるボクはどんな子なんだ」

「とびきりのボクちゃんだ」

笑いながら言って、殿池は身分証明書サイズの顔写真をテーブルに這《は》わせた。

なるほど、可愛《かわい》らしいといった形容が当たる。目も鼻も口も小づくりで、いかにも育ちのよさそうな顔立ちだ。オールバックの髪に、金縁眼鏡を掛けているあたりは、ナメられまいとする内面の表れか。

「気張って乗り込んできたんだが、最初にコケちまってな」

殿池は笑った顔のまま話を続けた。

着任早々、選挙違反事件の打ち上げがあった。本部五階の道場。知能犯捜査係の面々が茶碗酒《ちゃわんざけ》を酌《く》み交わしているところに、一升瓶をぶら下げた森下が現れた。部下たちの間に積極的に飛び込んで意思の疎通《そつう》を図れ。警察庁で教わった通りにしたのだろう、顔を紅潮させた森下は宴席の真ん中にどっかと胡座《あぐら》をかき、一升瓶の首を握って勇ましく酒をつごうとした。が、華奢《きやしゃ》な腕は酒瓶の重みに耐えられなかった。二の腕までもがブルブルと震えた。結果、祝いの酒は茶碗ではなく、知能班長の真新しいズボンに注がれた。

「それで女に逃げたってわけか」

馬鹿《ばか》らしい。そうは思ったが、本部復帰の光明は、いつになく酒を進ませた。「ボク」と船山の娘が神前でかしこまる姿を想像する。こみ上げる笑いが何度も滝沢の体を波立たせた。

3

交通課で借りた住宅地図で調べてみると、「マークスプラザ」の近くに、マンションと名のつく建物は一軒しかなかった。

昼休み。滝沢は地図を頼りに「小此木《おこのぎ》マンション」へ車を走らせた。森下が女のもとを訪ねるのは深夜だと聞かされていたが、明るいうちに場所だけは確かめておこうと考えた。

市街地を南下し、県の出先機関である三ツ鐘財務事務所の角を折れて県道に入る。しばらく走ると、地検三ツ鐘支部の建物が見えてきた。道路に面した敷地内にプレハブの守衛室がある。大里富士男の顔が浮かび、滝沢は少々ばつの悪さを覚えて守衛室から視線を逸《そ》らした。本部復帰のための調査。それは大里の思い描く警察官の仕事とは程遠いだろう。

一夜明け、ゆうべの昂《たかぶ》りはもう心のどこにもなかった。わからない。自分は本心、本部へ帰りたいと願っているのだろうか。またやるのか。あの窮屈な本部警務課へ戻り、絶対服従を誓い、同僚と鎬《しのぎ》を削って上を目指すのか。

アーケードの商店街の向こうに、巨大なショッピングセンターが姿を現した。滝沢は地図に目をやり、ハンドルを左に切った。「マークスプラザ」の裏通りは、昔ながらの歓楽街だ。先週、ミニバイクで背後から女のバッグを狙うひったくり事件が連続発生し、刑事課の連中がしゃかりきになって犯人を追っている。昼間でも薄暗いその狭い通りを徐行で抜け、用水路に架かる車二台分ほどの長さの橋を渡った先に、アパートに毛の生えたような三階建ての「小此木マンション」を見つけた。

ドアの数を数える。入居は十五戸。どの部屋もワンルームか、せいぜい二間の造りだろう。建って間もないらしく、クリーム色の外観は美しい。悪い虫。当たっていそうな気がする。歓楽街に働く女たちが好んで入居しそうなマンションだ。

――いずれにしても夜だ。

張り込めそうな場所を確認すると、滝沢は車をUターンさせて、来た道を戻った。

思わず舌打ちが出た。地検の守衛室の前に大里の制服姿があった。大里の方も車窓の滝沢に気づいたようだった。アクセルをふかして通過した。ルームミラーに目をやる。案の定、敬礼で車を見送る制服が映っていた。

頬を張られたような衝撃を受けた。大里とダブって、鈴木巡査長の制服姿が脳を突き上げたからだった。

　忘れていた。生保の面接日が今日だった。話は御破算になったが、そのことをまだ鈴木に伝えていなかった。時計を見る。零時三十五分。面接は一時からだ。鈴木はもう駐在所を出てしまったか。

　懐《ふところ》を探った。ない。携帯は制服に入れたまま署のロッカーの中だ。辺りを見回す。公衆電話。見当たらない。車の前方、財務事務所の建物が目に入った。急ハンドルを切って、敷地に車を滑り込ませた。エンジンを掛けっ放しで車を飛び出し、建物に駆け込んだ。カウンターの向こうに知った顔があった。

「すみません、ちょっと電話を借ります」

　どうぞの声も待たずに、滝沢は事務フロアに回り込んだ。近くの受話器を取り上げた。が……。

　555－763
　警電の番号しか頭になかった。電話帳を——言いかけて、滝沢はハッとした。ここにも警電があるはずだ。台風や地震などの災害時に備え、警察との緊急連絡用に。

「警電はどこです？」

「あ、ここは出先だから。本庁の道路維持課にはありますけど」

くそ！

滝沢は署に電話を入れた。交換で岬駐在所の一般加入電話番号を聞き、すぐにそれに掛け直した。

頼む。いてくれ――。

〈はい。岬駐在所です〉

鈴木巡査長の女房がでた。

「本署の滝沢です。鈴木さんは――」

〈まあ、滝沢さんですかあ、この度は大変お世話になりまして申し訳ございません。主人も大変喜んで、たった今、ご紹介いただいた会社の面接に出掛けたところです〉

視界が歪《ゆが》んだ。

財務事務所を出て、生保の支社ビルに向かった。スピードメーターは一度も見なかった。

荒いハンドルさばきで支社前の道路端に車を寄せた。一時五分。滝沢が車を降りた、丁度その時、萎《しな》びたような小さい背広がビルの玄関から出てきた。

滝沢は駆け寄った。

「鈴木さん――」

「あ……」

皺《しわ》深い顔に驚きの表情を浮かべた鈴木は、だが、すぐに腰を折って律儀《りちぎ》に敬礼した。

「滝沢係長、どうもこのたびは大変ご迷惑をお掛けしまして」

「それはこちらの台詞です。あの、もう人事の人と……?」

「ええ。話はうかがいました」

鈴木の顔が翳《かげ》った。それでも懸命に笑みを広げようとしている。

滝沢は深々と頭を下げた。

「私の不手際《ふてぎわ》です。本当に申し訳ありませんでした。嫌な思いをなさったでしょう」

「そんな――」

鈴木は、とんでもない、とばかり顔の前で手を激しく振った。

制服制帽を身につけていない鈴木を見るのは初めてのような気がした。一張羅の背広なのだろう。だが、バリッとしたスーツを着込んだ若い男たちが行き交うこの街中では、ただみすぼらしさが際立つばかりだった。

「今日のことはどうかお許しください。就職先は必ず見つけますので」

申し訳なさよりも、自分に対する怒りのほうが大きかった。

本部に戻れるかもしれんぞ。殿池の電話の一言で、鈴木のことが頭から消し飛んでしまったのだ。

馬鹿野郎……。

怒りの矛先《ほこさき》は殿池にも向いた。船山にも。森下にも。そして、目の前で愛想笑いを浮かべる老巡査長に対しても。

なんであんたは偉くならなかったんだ――。

たちまち胸が焼けついた。

滝沢はもう、鈴木の顔を正視できなかった。

4

間もなく日付が変わる。

滝沢は「小此木マンション」近くの道路端に車を停めていた。ラジオは切り、煙草《たばこ》も吸わない。手にした缶コーヒーの温《ぬく》もりだけが気を紛らわせてくれる。一時間ほど前、殿池から電話があった。森下が官舎を抜け出し、タクシーを拾ったという。こちらに向かったのなら、もう着いてもいいころだ。

待つ時間の長さが決心を鈍らせる。

なぜこんなところにいるのか。殿池が恵んでくれた餌《えさ》に尻尾《しっぽ》を振った。船山の機嫌をとるために……。本部警務課に復帰するために……。鈴木巡査長のような警察人生を送らないために……。

警察人生とはそもそも何なのか。ここでこうしている自分は、果して警察官と言えるのか。警察官の妻でいることに疲れた。女房はそう言い残して出ていった。だが、本当にそうだったか。女房は滝沢郁夫という男に疲れ果て、見切りをつけたのではなかったか。

帰ってしまおう。本気でそう思い始めた頃だった。殿池が電話で言った「ヒカリタクシー」の黄色いラインが、滝沢の車のわきをゆっくりと通過した。後部座席に頭が一つ。前方に身を乗り出している。運転手に道を指示しているのだ。

――本当に来やがった。

滝沢は体を強張《こわば》らせた。自分がしている刑事まがいの行為に心臓が高鳴った。

タクシーはマンションの前を通り過ぎ、二十メートルほど先の路上でブレーキランプを真っ赤に染めた。小柄な男が降りてきた。その顔が、道端に置かれた自動販売機の明かりに浮かび上がった。二十歳《はたち》と言っても通りそうなその童顔は、紛れもなく県警本部捜査二課長、森下雅典のものだった。眼鏡は違う。金縁ではなく、鼈甲《べっこう》だかプラスチックだかの茶色っぽい縁取りだ。変装でもしたつもりか。

森下はマンションの前で辺りを窺《うかが》い、足早に外階段を上った。二階の外廊下を歩き、右から三番目のドアを鍵《かぎ》で開け、中に消えた。すぐにキッチン窓の電気が点《つ》いた。他の窓はマンションの反対側で見えないから、既に女が部屋にいるのか、それともこれから帰ってくるのか、滝沢は判断しかねた。

三十分……。一時間……。

他の部屋には動きがあった。一目で水商売とわかる身支度の女たちが帰宅してきた。一人……二人……三人目は男連れだった。二人とも相当に酔っていて、ドアを開けようとする女の体を男がまさぐり嬌声《きようせい》が上がる。

森下の入った部屋はどうか。最初から女がいたのだとすれば、互いの体を確かめ合うのに十分な時間はとうに過ぎた。

泊まっていく気か……。

週末ではない。明日も森下は二課長の席に座っていなければならない。

午前二時十五分。滝沢は車を降りた。苛立《いらだ》ちはピークに達していた。マンションの外階段を上った。足音を殺し、森下が入った部屋のドアの前に立った。プラスチック製の薄っぺらい表札が貼《は》ってあった。ローマ字で表記してある。

サオリ、と読めた。

ドアに耳を寄せた。静かだ。中の音は聞こえない。

階段にヒールの音がした。滝沢は慌《あわ》てて体を翻《ひるがえ》し、外廊下を音のほうに向かった。階段を上がってきた太めの女と擦れ違った。足を止めずに振り向く。女は「サオリ」の部屋を通り過ぎて、奥の部屋のドアに鍵を差し入れた。

滝沢は車に戻った。喉《のど》が干《ひ》からびたようにかさついていた。

サオリの部屋を見つめる。その目にも水分が不足しているように感じた。眠気も襲ってきた。間もなく午前三時だ。

――あの野郎、ホントに泊まる気か？

苦々しく口の中で言った時、部屋のドアが開いた。

滝沢は息を呑《の》んだ。

数秒後だった。出てきた。あれがサオリ……。

一人だ。森下は姿を現さない。

滝沢は目を凝らした。

背がスラリと高い。肩までの髪は、茶髪というより金髪に近かった。ラメの入ったピンク色のセーターを着ている。外階段を下り、道を右に出た。すぐ先のコンビニに向かうらしい。

胸は豊かだが、いまどきの娘らしく腰の線は細い。ぴったりの黒いミニスカートを身につけ、蛇柄とでもいうのだろうか、複雑な模様の入った紫色のパンストを穿《は》き、踵《かかと》の高いサンダルをつっかけている。

コンビニに入ったのを見届けて、滝沢はエンジンを始動させた。ヘッドライトは点けず静かに車を進め、駐車場の隅に停める。

サオリは雑誌を立ち読みしていた。顔が見える。真っ赤な口紅。前髪は長く、マスカラのきいた目元に届きそうだ。二十歳は超えているだろう。いって、二十代半ばか。若いわりに化粧が濃い気がするが、美形であることはこの遠目からもわかる。

悪い虫に違いなかった。飲み屋の女。その枠に納まるかどうかも怪しい。風俗関係だとすれば厄介だ。そうした女には、十人に九人までヤクザの知り合いがいる。

サオリが動いた。雑誌とカップ麵《めん》、それにジュースのペットボトルをレジに差し出した。雑誌を手にした若い男がサオリを盗み見ている。胸の膨らみから露《あらわ》な太股《ふともも》へと視線が舐《な》める。サオリは気づいている。男の絡《から》みつく視線を楽しんでいる。そんなふうに滝沢には見えた。

サオリは来た道を戻って部屋へ帰った。

ふつふつと怒りがこみ上げてきた。

警視。ノンキャリアの警察官にとっては夢の階級だ。一生掛けても、ほんの一握りの人間しか到達できないその階級を、森下はたったの四年で手に入れた。地方とはいえ、捜査二課長の任重きポストを与えられ、四十人からの部下を従え、誰からもちやほやされ、このうえ何を望むというのだ。危険な女に手を出し、暴力団絡みのスキャンダルにでも発展したらどうしてくれる。世間の白眼視に晒《さら》されるのは、いつだって一線で働く叩《たた》き上げの警察官なのだ。

午前四時半。森下が部屋から出てきた。呼んであったタクシーに何食わぬ顔で乗り込み、「ボク」の火遊びの時間はようやく終わったらしかった。

5

寮で二時間ほど眠り、滝沢は署の勤務に就いた。

風俗関係かもしれない。滝沢からそう聞かされた殿池の慌てようは電話でも十分に伝わってきた。大至急、その女の身元を調べろ。思わず命令口調になり、頼む、と付け足して同期の帳尻《ちょうじり》を合わせるありさまだった。

――勝手ばかり言うな。

睡眠不足が苛立ちを倍加させていた。やっつけねばならない仕事だって山とある。滝沢は署員の出勤簿をチェックし、不足している装備品を調べて本部向けの書類を作成すると、アポを取ってあった「みつがね警備保障」に車を飛ばした。

「何度来られても本当に駄目なんだ。勘弁してくれ」

熊野社長の第一声はそうだった。

「先月、五人切ったんだ。いま警察の後輩を入れたりしたら、みんな爆発しちまう。来年は必ずどうにかするから。なっ、とにかく今年は勘弁してくれ。この通りだ」

生保の人事担当と同じ台詞を口にした熊野は、柄にもなく頭を下げた。県警最高幹部の五指に入る生活安全部長。今は見る影もない。零細企業の生き残りに汲々《きゅうきゅう》とする、年老いた経営者の一人でしかなかった。

「わかりました。ご無理を言って申し訳ございませんでした」

滝沢は応接室を出て玄関に向かった。今にも破裂しそうな内面を抱えていた。

「滝沢係長――」

振り向く前に大里富士男だとわかった。署員のほかに、「係長」などと呼ぶ人間は彼しかいない。

「ご苦労さまです。社長に御用でしたか」

夜勤明けなのだろう、大里はジャンパー姿だった。警察官がそうであるように、制服を脱いだ大里の態度は幾分砕ける。その徹底した「お巡《まわ》りさん」ぶりが、滝沢の苛立ちを怒りに変化させた。

「辞める巡査長の再就職を頼みに来たんですが、断られました。警察官はつぶしがきかないですからね」

険を吐き出すと、大里は顔色を変えた。

だが、止まらなかった。

「大里さん。前から一度聞こうと思ってたんですが、あなた、なぜ警察官になりたかったんです？」

大里の狼狽《ろうばい》は哀れなほどだった。口を動かすが、言葉にならない。幼子のように澄んだ瞳《ひとみ》にただ瞬《まばた》きが重なる。

「警察官って職業は、大里さんが思っているようなものではないですよ。やっている私が言うんだから間違いない」

「そ、そんな――」

大里は絶句した。今にも泣きだしそうな顔だ。

その場に大里を置き去りにして、滝沢は玄関に向かった。自己嫌悪は承知で言い放った。向けるべき相手に向けられない怒りを、無防備で人畜無害の大里にぶつけた。弱い人間の、そのまた一番の急所を突くことで発散した。女房に対してもそうだった。彼女の無邪気さを責め続けた。外に聞こえるように笑うな。この寮には俺より年上の巡査だって住んでるんだ――。

建物を出た滝沢は天を仰いだ。

自分が見下されているから、人を見下そうとするのだ。見下されない高さまで上り詰めるしかないのだ。そう腹で言いつつ、滝沢は自分という人間を粉々に砕いてしまいたい衝動に駆られた。

6

午後八時――。

「小此木マンション」の２０３号室からサオリが出てきた。もこもことした白いハーフコート。真っ赤なヒール。手にはブランド物のバッグを下げている。外出。いや、出勤と見るべきだろう。

滝沢はサオリとの距離を十分にとってから、ゆっくりと車を発進させた。昼間、不動産屋をあたって意外な事実を掴《つか》んだ。２０３号室の借り主は森下雅典本人だった。女のもとに通っているのではなく、女を囲っている。そんな疑いすら出てきていた。

サオリは用水路を跨《また》ぐ小さな橋を渡り、歓楽街の通りへ足を向けた。もう酔客が千鳥足を見せている。滝沢は車を捨て、歩いて追うことにした。

尾行。初めての経験だった。微《かす》かな昂《たかぶ》りが顔を火照《ほて》らせる。酔っているでもなく赤いその顔が、女欲しさに通りを流す勤め人と映ったのかもしれない。法被《はっぴ》の上に作業用のジャンパーを羽織った客引きが滝沢の前に立ちはだかった。

「いいコいるよ。とっても若い」

日本人ではないらしいその客引きは、斜めに避けた滝沢になおもつきまとった。

「一枚でホンバン。とっても安い」

「いらん」

「五千円でしゃぶるよ。とってもかわいいジョシコーセー」

「どけ」

追い払おうとした、その手の袖《そで》が掴まれた。

「三千円でしゃぶるよ」

警察だ。喉まで出かかったが呑み込み、客引きに肘《ひじ》打ちを食らわすかのように激しく腕を振って、まとわりつく手を振りほどいた。その脇《わき》を、黒いフルフェイスのヘルメットを被《かぶ》ったミニバイクがすり抜けた。滝沢は前方を歩くサオリの背からいっときも目を離していなかった。だから、真《ま》っ直《す》ぐサオリに向かって走ったミニバイクの犯行の一部始終を目撃した。

バイクはサオリの背後でやや速度を緩め、狙《ねら》いを定めるや一気に加速し、突き出した左手でサオリのバッグを奪い去った。すぐ右の角を折れ、しけた排気音を残して視界から消えた。

連続ひったくり事件——。

滝沢は駆けだした。酔客の一団の向こう、目を見開いたサオリが放心したように立っている。警察を呼べと誰かが叫んだ。滝沢はハッとして足を止めた。すぐに交番と当直の署員がここに駆けつける。刑事課の担当も飛んでくる。まずい。この時間、この歓楽街で警務課の係長が事件に出くわすはずがない。ましてや言えない。本部の人間に依頼されて女を尾行していたなどとは——。

滝沢が踵《きびす》を返した、その時だった。背後で声がした。

「彼女はどこへ行った？」

えっ？

振り返った。いない。サオリが消えていた。逃げた？　なぜだ？　彼女はひったくりの被害者ではないか。

滝沢はその場に呆然《ぼうぜん》と立ち尽くした。

そう。おそらくそうだ。サオリには何か警察と接触できない事情があるのだ。

売春か。それともバッグの中に覚醒剤《かくせいざい》でも忍ばせていたか。悪い虫。その正体は滝沢と殿池の想像を遥《はる》かに超えているのかもしれなかった。

サイレンの音を耳にして滝沢は足早に現場を離れた。サオリと同じなのだ。滝沢もまた警察とは接触できない事情が――。

えっ……？

滝沢の思考は空回りした。

同じ……？

次の瞬間、突拍子もない考えが浮かんだ。売春でも覚醒剤でもない、サオリが警察と接触できない事情。

まさか。

目元まで伸びたサオリの前髪がフラッシュバックした。滝沢は携帯を取り出し、殿池の官舎を呼んだ。

「滝沢だ。ボクは今どこにいる？」

〈今日は休みだ。東京へ行くと言ってた〉

「わかった」

確信を胸に電話を切ると、滝沢は車に乗り込んだ。荒々しくハンドルを取り回して車を出した。滝沢の想像が当たっているなら、サオリは何をおいても２０３号室へ逃げ戻る。

すぐにマンションが見えてきた。と、わきの細い路地から白いコートが転がるように飛び出してきた。サオリ。ブレーキでは間に合わない。脳が咄嗟《とつさ》に判断し、ハンドルで避けた。センチの単位でかわした。急ブレーキをかけ、窓から首を突き出し、後方を見た。サオリは道路に倒れていた。

「おい――」

呼びかけた途端、サオリは慌てて立ち上がり、両手にヒールを握って裸足《はだし》で走り出した。

「おい、待て！」

サオリが逃げる。いや……。

「待つんだ、森下！」

足音が止まった。辺りは静止画像となった。

サオリが――森下雅典が振り向いた。

その拍子に前髪が乱れた。明日も課長席に座るため、手を入れることのできない太い眉毛《まゆげ》が露《あらわ》になった。

7

一週間後――。

タクシーは船山警務課長の待つ寿司屋《すしや》へ向かっていた。

殿池が念を押すように言う。

「ストーカーまがいの女を、俺とお前でボクから引き離した。そういうことになっているからな。うまく口裏合わせろよ」

滝沢は生返事をして目を閉じた。

女装趣味。殿池にもそのことは秘していた。童顔が美形の女に化けた。男としては小柄で華奢《きゃしゃ》な体つきの森下。女にしては背が高く、腰の線の細い「サオリ」……。

あの夜、森下はすべてを告白した。

大学の寮の宴会。余興でやった女装が病みつきになったのだという。幼稚園の時から三つの塾に通わされた。厳格な父。溺愛《できあい》する母。名門中学での執拗《しつよう》ないじめ。キャリアになった。警視にもなった。だが、勇躍赴任した捜査二課の部屋は針の筵《むしろ》だった。無視。あるいは好奇の視線。猛獣の檻《おり》の中に放り込まれた小動物のように日々怯《おび》えていた。仲間は一人もいない。誰も助けてはくれない。それでもキャリアは威厳を保ち、常に優秀であり続けなければならない。息抜きだった。唯一《ゆいいつ》のストレス解消法だった。

森下はうなだれ、同じ言い訳を何度も繰り返した。

なぜ警察庁に入ったのか。滝沢は疑問を森下に投げかけた。国家公務員試験のI種合格者。どこでも行きたい省庁を選べたはずだった。森下はすっかり考え込んでしまった。しばらくして、「権力というものを手にしてみたかった」と答え、またしばらくして、「ただ強くなりたかった」と言い直した。

マンションの部屋には、壁という壁に女物の服が吊《つ》るされていた。フローリングの床には鏡と女性雑誌と夥《おびただ》しい数の化粧品……。滝沢は思った。雲の上のキャリア組。だが、組織の中でどれほどの地位を得たとしても、森下の心の風景はずっとこの部屋のまま変わらないのではあるまいか。

そして鈴木巡査長を思った。滝沢に向けた愛想笑いは、決して職欲しさの卑屈な笑みなどではなかった。面接を蹴《け》られたショックを押し隠し、滝沢に負い目を感じさせまいと懸命につくった笑みだった。そうやって警察官をやってきた。内にも外にも気を配り、ただ黙々と自分の職務をこなしてきた。

なぜ偉くなろうとしなかったのか。

皮肉ではなく、本心から聞いてみたい。その問いに、鈴木はなんと答えるだろうか。

「滝沢、起きろ。着いたぞ」

「寝ちゃいない」

殿池は車のドアを押し開け、が、その手を止めて滝沢に真顔を向けた。

「うっかり聞き忘れてたが、俺に警電でタレたのは誰だかわかったか」

「ああ。大体のところはな」

「やっぱり三ツ鐘署員かよ」

「そんなところだ」

「チャックできそうか」

「それは請け合う」

「よし、じゃあ安心して飲めるな。乗り込むとしようぜ」

寿司屋の二階に上がった。船山は手酌で始めていた。

「おっ、久しぶりだな」

上機嫌だった。白豚が首まで真っ赤に染まっている。

「殿池から聞いたよ。世話をかけたな。明美のやつも心配してたんだ。夜、電話しても森下君がちっともでないってな」

「無理もないですよ。森下課長は例の変態女からの電話だと思ってたんですから」

殿池が調子よく言う。

酒が進んだ。三巡目のお銚子《ちょうし》が空いたころ、船山が今日の会合の核心を、独り言のように口にした。

「お前も三ツ鐘に二年か……」

滝沢は無言で頷《うなず》いた。

「ぼちぼち本部に戻ってこんか。人事のわかるやつがいなくてな。その気があるならなんとかするぞ」

長い間ができた。

「それには及びません」

滝沢の声が壁に反響した。船山の顔色が変わった。目と眉がつり上がった。殿池は目も口も丸くしたまま固まっていた。

もう弄《いじ》れません。今度こそ言った。怒りを向けるべき相手に、はっきりと。

「その代わり、一つお願いがあります」

滝沢は膝《ひざ》を整えた。泣きつくのではない。当然の権利を行使する。

「三ツ鐘に、どうしても再就職が決まらない巡査長がいます。本部のツテでポストを用意して下さい」

8

数日後、滝沢は三ツ鐘市内にある冷凍食品会社の守衛室を訪ねた。地検の守衛室からこちらに勤務替えになったと社のほうで聞いてきた。

大里富士男は休憩中で、カップ麺《めん》を啜《すす》っていた。慌てて立ち上がり、敬礼をする。

滝沢は、大里を座らせて言った。

「本部に電話をくれたのはあなたですよね」

「あっ……」

「警電だったので、最初は内部の人間だと思いました」

警電は大事件や災害時の緊急連絡用として関係機関に置かれている。県庁、消防、自衛隊。無論のこと、警察との関係が深い地検や地裁にも専用回線が引かれている。

森下が県警に赴任した時、顔写真が新聞に出た。たった一度のことだから、警察官である滝沢でさえその顔を記憶できなかった。だが、筋金入りの「お巡りさん」は違った。新任の二課長の顔を脳に刻み込んでいた。だから見逃さなかった。頻繁にタクシーで地検の守衛室の前を行き来する森下の顔を。やがて、その森下がマンションの一室に入るのを目撃するに至った。「サオリ」の表札を目にした大里は、さぞや憤慨したことだろう。

しばらくして、大里は重い口を開いた。

「きっと大変なことになると思いました。許せないとも思いました。しかし、外部から情報が入ったのでは騒ぎが大きくなってしまうと思い……それで無断で地検の警電を使用しました。申し訳ありません」

大里の叔父は刑事畑の警察官だった。次席が捜査二課長の「お守り役」であることも知っていたという。

「いいんです。気にしないで下さい。本当のことを言えば、県警はあなたの電話で大いに助かりました。そんなことより……」

そこまで言って、滝沢は頭を下げた。

「先日、あなたに大変失礼なことを言いました。許して下さい」

「そ、そんなこと」

大里は真っ赤になって恐縮した。

守衛室に若い警備員が入ってきた。大里の休憩時間は終わりのようだった。

車へ向かう滝沢を、穏やかな声が呼び止めた。

「滝沢係長」

大里は敬礼をしていた。

「警察官は世のため人のために役立つ立派な仕事です。私《わたし》は……ですから私《わたくし》は、今でも警察官になりたいと思っています」

本官顔負けの見事な敬礼は、滝沢が車に乗り込んでも解かれなかった。

署に戻ると、藤原がメモを差し出した。

「本部の警務課からです」

よし。

滝沢は受話器をとった。５５５の南無三《なむさん》。

〈岬駐在所です〉

鈴木本人が出た。

「滝沢です。就職先が決まりました。東和工業の管理室の主任です」

〈ほ、ほんとですか。あの大手の――〉

おい、東和工業だ。女房にそう伝える声が聞こえた。すごいすごい。電話が女房の声も拾う。

〈ありがとうございました。このご恩は一生忘れません〉

「礼には及びません。仕事ですから」

今なら聞ける。そう思った。

「鈴木さん、あの……一つ教えてもらえませんか」

〈なんでしょう?〉

「失礼な言い方になるかもしれませんが」

〈構いません。遠慮なく言ってください〉

滝沢は送話口を手で覆《おお》って声を落とした。

「鈴木さんは、なぜ交番や駐在ばかりを回っていたんですか」

小さな間の後、深みのある声が返ってきた。

〈みんながみんな偉くなってしまったら、警察という組織は回っていきませんから〉

頷いた滝沢の耳に、一転、明るい声が吹き込まれた。

〈いやあ、正直言いますと、ちょっと訳ありでしてね。若い時分、上司と喧嘩《けんか》してしまったんですよ。これがまあ、今だから話せますが、ひどい男でしてねえ〉

滝沢は声を上げて笑った。隣の藤原が顔を覗《のぞ》き込んできた。課長や次長までが怪訝《けげん》そうな視線を投げてくる。滝沢は構わず腹の底から笑った。

締め出し

I

祭りのあとに残るのは、なにも寂しさばかりではない。

市と三つの商店街が共催した夏祭りから一夜明けた三ツ鐘署は、まだ薄暗いうちから後始末に忙殺されていた。交通課のカウンターには、路上駐車で違反をとられた車の持ち主が列をなし、会計課の受付は遺失物の照会が引きも切らない。刑事課はスリや置き引き被害の対応に追われ、留置場では大トラの身元確認。署長室には、市の観光課の職員や商店組合の顔役が次々と祭りの警備の礼を言いに来て、警務課員はそのお茶出しで午前中の仕事が終わりそうだった。

署庁舎三階、生活安全課の大部屋では、祭りの夜を騒がせた「イエローギャング」のメンバーの取り調べが始まっていた。下は中学生から、上はもはや少年とは呼びがたい十八、九の有職《ゆうしょく》少年までいる、暴走族とチームがごちゃ混ぜになったような新種の不良グループだ。ゲームセンターやパチンコ店にたむろし、街を流し、誰彼構わず因縁をつけては暴行とカツアゲを繰り返す。連中は口を割らないが、「裏ヘッド」と呼ばれる男がグループの上にいて、その男を通して地回りのヤクザに上納金が流れ込んでいるとの情報もある。

――くそっ、山田の野郎。

少年係の三田村厚志《みたむらあつし》は、寝癖の頭をなでつけながら苛立《いらだ》った足で署の正面玄関をくぐった。午前中は母親の定期検診に付き添う予定だった。山田係長には五日も前に半日休の申請を出した。なのに今朝になって、調べの手が足りないので上署してくれと電話で呼び出されたのだ。

朝っぱらから不良の相手をするのも気鬱《きうつ》だった。少年担当でありながら、少年の取り調べが嫌でならない。しおらしくうなだれる万引き少年あたりならまだしも、相手が根っからのワルとなると手に余る。連中は二十五歳の巡査など小馬鹿《こばか》にするし、三田村自身、不良に脅《おびや》かされた中学時代の苦い記憶が蘇《よみがえ》って冷静でいられなくなる。少年係は自分には向かない。刑事課に移りたい。何度も配転希望を出しているが、上からはいまだ梨《なし》の礫《つぶて》だ。

三階。生活安全課。思った通りの光景に三田村は胸が悪くなった。

貧乏ゆすり。舌打ち。生あくび。十人ほどの常連がパイプ椅子《いす》に踏ん反り返って虚勢を張っている。「イエロー」所属の証《あかし》を身につけて連帯している様は、連中の凶暴性を知らなければ滑稽《こっけい》ですらある。黄色いTシャツ。黄色いバンダナ。黄色いリストバンド。黄色い靴下。黄色いビーチサンダル。言うまでもなく、誰もが茶髪だか金髪だかに染めた黄色い頭をしている。

今年の夏祭りは警察が先手を打った。駅前には紫色で統一した「パープル」の構成メンバー三十人が集結していた。そこへ奇襲をかけるべく駅へ向かっていた「イエロー」の切り込み隊を首尾よく路上で捕獲したのだ。容疑は凶器準備集合罪。スチール机の上にズラリ並べられた木刀、鉄パイプ、特殊警棒、金属バット。それらの武器が押収品《おうしゅうひん》だ。実際に使われたわけではないから、連中を家裁送致したところで、審判不開始の決定となるのは見えているが、使わせなかったことで、夏祭り恒例の「カラー抗争」は回避された。報告を受けた山根署長はいたく喜び、ゆうべのうちに少年係の面々に「即賞」を大盤振る舞いした。

だからだろう、山田係長の機嫌はすこぶるよかった。そんじゃあバンダナを頼むわ。浮かれた声で言いながら、番号札のついた木刀の一本を三田村に手渡した。

三田村は机越しに黄色いバンダナと向かい合った。顔は知っていた。公立高二年。

十七歳。アロハシャツの胸をはだけ、首には金のネックレス。モヤシの根のようなヒゲを生やした顎《あご》を突き出し、早く始めろや、とでも言わんばかりに貧乏ゆすりを速めている。

横っ面《つら》を張り飛ばしたい衝動を抑えつつ、三田村はバンダナの眼前に木刀を差し出した。

「ゆうべお前が持ってたの、これだよな？」

「あ？」

「この木刀、お前のだろ？」

「わかんねえよ、どれだか」

「ほかのより黒っぽいだろうが」

「へえ、そうかよ。気のせいじゃねえの」

うそぶくバンダナを睨《にら》みつける。

「これなんだよ、間違いなく。なんなら指紋でも取るか」

「じゃあ、そういうことにしといてやるよ」

「何だと？」

「いいから早く終わらせろよ、うざってえ」

「おい！　ナメた口叩《たた》くんじゃないぞ！」

三田村の怒声に、デスクの山田係長が首を伸ばした。

「おーい、おいおい」

なだめる声。それがバンダナを増長させる。

「なあ、何とかしてくれよ。オレはちゃんと認めてるんだぜ。なのにコイツが――」

三田村は思わず木刀を振り上げた。

「おーい、おいおい、三田村クン」

言いながら、山田係長は席を立った。

青ざめたバンダナは、しかし被害者ヅラで応戦した。

「ジョーダンじゃねえぜ。いいのかよ、こういうの？」

三田村は木刀を握り直した。

「お前はどうなんだ？　こいつでパープルの連中のオツムをカチ割ろうと思ってたんだろうが」

「思ってねえよ、そんなこと。素振りの練習してただけじゃん」

「ふざけるな！」

「何もしてねえじゃねえかよ。したか？　持ってただけじゃんかよ――なあ」

バンダナは同意を求めるように周囲を見回し、顔を戻して三田村を顎でしゃくった。

「フツーじゃねえぜコイツ。クスリでもやってんじゃねえの」

パン！　三田村が振り下ろした木刀が机の上で大きく跳ねた。

「三田村！」

山田係長が慌《あわ》てて駆け寄ってきた。他の課員も、よせ、の顔を三田村に向けている。

「イエロー」の連中は、おもしれえ、の顔だ。

三田村の息は荒かった。

ほくそ笑むバンダナの顔と、「S」の顔とが脳裏で重なっていた。中二の秋。同じ水泳部の深沢美香と念願の初デートをしたその日に、同級生の「S」と街で出くわした。札付きの不良。ちょっと金貸してくんねえか。猫なで声で言われた。千円渡した。振り向いた時の美香の顔が忘れられない。失望。軽蔑《けいべつ》。哀れみ——。

水泳部は辞めた。空手を始めた。剣道も習った。少しばかり乱暴に言うなら、あの日の美香の白けきった表情が、三田村を警察官の職に就かせた。

警察学校の厳しい訓練がすべてを洗い流した。求める強さの質が変わった。三田村はそう思っていた。だが、火種は消えていなかった。三年間の交番勤務を終え、少年係に配属が決まったと知らされた時、むくむくと湧《わ》き上がる黒い感情があった。街の不良どもを締め上げてやる。絶対的優位にあるこの立場で——。

現実はどうだったか。連中は大人を恐れない。ナメ切っている。相手が警察官であっても同じことだ。声を荒らげれば上司が割って入る。手でも出そうものなら弁護士が飛んでくる。連中は知っている。だから、ヘラヘラ笑っているのだ。少年法の手厚い庇護《ひご》の囲いの中で。

三田村は木刀を下ろした。静かに机に置く。

「ゆうべお前はこの木刀を持っていた。認めるんだな？」

バンダナは鼻を鳴らした。

「何回も言わせんな、バカ」

課長席の無線機が至急報を発しなければ、今度こそ三田村は黄色いバンダナの額めがけて木刀を振り下ろしていたかもしれない。

《至急！　至急！　本部から三ツ鐘！》

緊迫した声。すぐさま四階の地域課が応答した。

《三ツ鐘です、どうぞ》

《強盗殺人事件発生！　場所——》

部屋のすべての耳目が無線機に注がれた。

《三ツ鐘市押田町二丁目五の五！「パチンコ昇天」敷地内、両替所！》

どよめきが起こった。「イエロー」のメンバーも驚きの声を上げた。「昇天」は連中の溜《た》まり場の一つなのだ。

《犯人不明！　逃走中と思慮される！》

課員が一斉に電話に飛びつく。課を飛び出していく。部屋は騒然となったが、三田村は聞き逃さなかった。興奮したバンダナが人の名を口走った。そのバンダナを、先輩格のリストバンドが咎《とが》めるように睨みつけたのも見た。

三田村は耳の記憶を呼び起こした。

「ウラベ」――そう聞こえた。

浦辺。浦部。占部。卜部……。さまざまな名字が頭の中を駆けめぐった。

バンダナの顔は蒼白《そうはく》だった。

こいつらは犯人を知っている。三田村の心臓は早鐘を打っていた。

2

県道沿いにけばけばしい店舗を構える「昇天」は、広い駐車場を備えた典型的な郊外型のパチンコ店だ。事件は開店前の午前九時半ごろ発生した。店の裏手、駐車場の奥まったところにある両替所が襲われた。客がパチンコの出玉を換金するバラック建ての小屋だ。

被害者は両替業務をする藤野篤子《あつこ》。五十二歳。死因は背後から鋭利な刃物で刺されたことによる失血死。三畳ほどの狭苦しい室内はまさに血の海だったという。奪われた現金は四百万円。両替のために用意されたものだ。犯行時間と現場の状況から、犯人は、出勤した藤野篤子が両替所の鍵《かぎ》を開けて室内に入る瞬間を狙《ねら》って背後から襲い掛かったものとみられる。目撃者はなし。店の表側には十時の開店を待つ客が数人いたが、裏手の惨劇に気づいた者はいなかった。

午前十一時。三田村は「昇天」から東に三キロ離れた美並住宅団地に車を乗り入れていた。五年ほど前に住宅供給公社が造成した戸数およそ四百のマンモス団地。ここを二人一組、二十人の捜査員で聞き込みに回る。いわゆる、「ローラー捜査」と呼ばれる手法だ。

犯行時間帯の前後に不審な人間や車両を見かけなかったか。金に困ってる人間の噂《うわさ》を聞かないか。近所にギャンブルやパチンコに通いつめている者はいないか。そんなことを一軒一軒しらみ潰《つぶ》しに尋ねて歩く。

――冗談じゃねえ。

三田村は地団駄《じだんだ》を踏む思いだった。

「ウラベ」。それはズバリ犯人の名前かもしれない。その「ウラベ」は金に困っている。あるいは凶悪事件を起こしかねない人間。バンダナにはそんな心当たりがあって、思わずその名を口にした。リストバンドもそうだった。事件の一報を耳にした時、「ウラベ」を疑った。だからこそ、バンダナを睨んで続く言葉を封じたのだと思えてならない。

強盗殺人。この地方都市では五年に一度あるかないかの大事件だ。自分はその大事件を一気に解決に導くかもしれないネタを握っている。なのに――。

バンダナを締め上げる時間すら与えられなかった。「イエロー」が「昇天」を溜まり場にしていることを知っていたのだろう、刑事課はすぐさま連中の身柄を奪いにきた。ならば現場を当たろうと三田村は考えた。「昇天」に出入りしている人間の中から「ウラベ」を探し出して締め上げよう、と。

だが、その道も即座に閉ざされた。事件発生の報から五分もしないうちに会議室に呼び出された。生活安全課だけでなく、地域課や交通課にも招集が掛かっていた。事務的に命令が下された。コンビを組む相手の名を知らされ、住宅地図のコピーを手渡され、追い立てられるようにして、現場から遠く離れた地区のローラー捜査に駆り出されたのだ。

「このウチもいないわ」

溜め息まじりに言って、芳賀恒子《はがつねこ》は未練がましくもう一度呼び鈴を押した。

「共稼ぎが多いのね。無理して家なんか建てるから」

険を含んだ言葉だった。交通課の婦警。三十五歳。会社員の夫と離婚して、家族官舎には口数の少ない息子が二人。

その恒子の後を三田村はついて歩いていた。頭は別のことを考えていた。「ウラベ」の情報をどうするか。

署を出る時、刑事課長に話そうかとも思った。そうしなかったのは、惜しい気がしたからだった。できうるならば、自分の手で「ウラベ」の正体を摑《つか》みたい。摑んだ上で報告すれば大きな手柄になる。刑事課への道も開けるに違いない。

とは言え命じられた仕事はローラーだ。現場に行くことさえままならない。こうしている間にも、「昇天」の捜査は確実に進んでいるだろう。刑事課の連中に先を越されて「ウラベ」を突き止められてしまったら、それこそ元も子もなくなる。やはり今のうちに刑事課に電話を入れたほうがいいか。だが、刑事課長は上ばかり見ていて、下には薄情だとの噂だ。実際に「ウラベ」が犯人だったとして、それを三田村の手柄だと上申してくれるだろうか。

ふっと一つの案が浮かんだ。

捜査会議。そう、夜には捜査会議が開かれる。そこで発言すればどうだ？　すべての捜査幹部が居並ぶその席で――。

「三田村君」

声に顔を上げると、数メートル先で足を止めた恒子が首だけ振り向いていた。

「さっさとやっちゃおうよ」

団地は閑散としていた。それでいて団地の真ん中を貫く市道は営業車やトラックでかなりの交通量があった。県道は工事の連続で渋滞がひどいから、それを嫌うドライバーたちの恰好《かっこう》の迂回路《うかいろ》になっているようだ。

一時間ほど歩いたが、話が聞けたのは三軒だけだった。収穫ゼロ。反対に住民の方から事件のことをしつこく聞かれて閉口した。

恒子が車で弁当を買ってくると言うので、三田村は団地の中の児童公園で待つことにした。ベンチに腰を落ちつけると、どこかの工場で昼休みを告げるサイレンが鳴った。長閑《のどか》だった。ブランコの近くに鳩《はと》がいて、そのわきのベンチに老人の姿があった。

不思議な気持ちになった。

三キロ先のパチンコ店では女が血まみれになって殺されている。百人からの捜査員が血眼になって駆けずり回っている。自分は少年係が嫌で、刑事課に移りたいと望み、「ウラベ」をネタにそれを果たそうとしている。誰かがそのネタを摑んでしまうのではないかとやきもきしている。

だが、そんなあれこれが嘘《うそ》のように、この公園は穏やかでのんびりとしている。

老人は身じろぎもしない。七十過ぎ、いや、もう八十に近い年齢だろうか。禿《は》げ上がった頭。彫り込んだような顔の皺《しわ》。痛々しいほど曲がった背中。粗末な身なり。ひっきりなしに車が通る市道の方をじっと見つめ、モゴモゴと口を動かしている。

そんな老人の様子を、見るでもなく観察するうち、三田村は妄想めいた思いにとらわれた。

老人は犯人を目撃している――。

常識的に考えれば、犯人は車かバイクで逃走した可能性が高い。万一、県道を東に走り、この団地の市道を抜け道に使ったとしたら。乱暴な運転。猛スピードで突っ走る車。ひょっとして、老人の記憶に……。

そんな都合のいい話があるものか。苦笑しつつ、だが三田村は老人のベンチに歩み寄った。どのみち、ここで弁当の到着を待つほかすることもない。いや、少なくとも留守宅の呼び鈴を鳴らして歩くよりはよほど有効な捜査に思える。

「こんにちは」

三田村は老人の傍らに腰掛け、膝《ひざ》を向けた。

「三ツ鐘署の者ですが、ちょっとお話聞かせてもらえませんか」

ぴくっと眉《まゆ》が動いたが、老人の反応はそれだけだった。視線も市道に向けたままだ。

「何時ごろからここにいましたか」

「……」

「実は押田町で事件がありましてね。十時前に犯人がこの道を通ったかもしれないんです。見ませんでしたか。たとえば、すごいスピードで走っていく車とか」

老人の口から微《かす》かに言葉が洩《も》れた。

「み…ない……」

「えっ？」

見てない……？

三田村は顔を近づけた。

「見ていないんですか」

「み…どない……」

「み…どない……？　何です？」

どこかの方言だろうか。

「何も見てないんですね？」

「……」

「ねえ、おじいさん」

老人は黙りこくった。視線はずっと市道だ。何か目的を持ってそうしているかのように……。

コンビニの袋をぶら下げた恒子が戻ってきた。

「何か聞けたの？」

隣のベンチに移ってシャケ弁当を取り出すと、恒子は横目で老人を見た。

「いや、何も見ていないみたいですね」

「そっ。まあ見てても無理よね。相当ボケちゃってる感じだもん」

頷《うなず》いてはみたものの、三田村は内心、本当にそうだろうかと思った。市道を見つめる両眼。老人にはどこか侮《あなど》りがたい気配があった。

「じゃず……」

三田村と恒子は箸《はし》を止め、声の方に顔を向けた。

数珠《じゅず》？　いや、「じゃず」と言ったのか。ジャズ……？　音楽の？

老人の口がまた動いた。

「しゃが……る……」

しゃが……る？　しゃがる？　しゃがむ？

「まや……」

まや？　マヤ文明のマヤか？　それとも女の名だろうか。

「ぐれ……ぷ……」

三田村は首を傾《かし》げた。今度は、それらしく当てはまる単語を探せなかった。

「保護した方がいいかもね」

恒子が心配そうな顔で言った。

携帯で最寄《もよ》りの駐在所に連絡を入れたが不在だった。本署に掛け直し、あとで駐在所へ連絡してくれるよう頼んだ。

午後はまた団地の家を聞き込みして回った。やはり収穫はなかった。家人が居合わせても、聞けた話と言えば苦情の域を出ないものばかりだった。あそこの家はゴミの出し方が悪い。しょっちゅう路上駐車をしている、夫婦喧嘩《げんか》が絶えない。犬の鳴き声がうるさい。糞《ふん》を片づけない。もう、うんざりだった。

命じられた通り、六時に聞き込みを切り上げ車に乗り込んだ。待ちに待った捜査会議。棒になった足も幾分軽く感じられた。

市道に車を乗り出した。三田村の視線は自然と児童公園に向いた。

老人の姿はなかった。

「駐在さんがちゃんとしてくれたみたいね」

「ええ」

しばらく車に揺られてから、恒子が独り言のように呟《つぶや》いた。

「うーん。思い出せないなあ」

「何がです?」

「あのおじいちゃん、どこかで見たことがあるような気がするの……」

3

署は殺気立っていた。新聞記者とテレビクルー。眼光鋭いサマースーツの一団は、県警本部から乗り込んできた捜査一課強行犯係の面々だろう。久しぶりに目にする懐《なつ》かしい顔もあった。隣接各署からの応援組だ。彼らもまた、現場から遠い地区のローラー捜査に駆り出されたのだ。

署庁舎五階の大会議室——まだ墨の乾ききらない「戒名」がドアに貼《は》られていた。『押田地内におけるパチンコ店女性従業員強盗殺害事件特別捜査本部』

「なんかすごいね……」

恒子の声が上擦った。ええ、と返した三田村の声も掠《かす》れた。夥《おびただ》しい数の長机。呆《あき》れるほど大勢の捜査関係者。事件の大きさに見合うだけの喧騒と緊張感が大会議室に充満していた。

ここで「ウラベ」の件をぶち上げる。想像しただけで胸が高鳴った。だが——。

「ローラーか？」

部屋に入るなり、門番を連想させるいかつい背広に呼び止められた。そうですと三田村が答えると、背広は用紙の束を突き出した。

「報告書を書いて正面のデスクに提出しろ。終わったら弁当を貰《もら》って帰ってよし」

耳を疑った。報告書を出したら帰れ？　捜査会議はどうするのだ？　喉《のど》まで出かかったが、背広はもう次の捜査員に用紙を突きつけていた。

三田村は空いている椅子《いす》に座った。同じことを命じられたのだろう、周囲の机では鉛筆を舐《な》め舐《な》め報告書づくりに没頭する男たちの姿があった。

——とにかくやっちまうか……。

そうするしかなく、三田村も用紙に向かった。報告すべき内容などほとんどない。恒子と手分けして一時間ほどで仕上げた。

三田村は報告書を手に正面のデスクに向かった。長机の中央、角張った浅黒い顔が書類に目を落としている。門外漢の三田村でもその顔と名は知っていた。本部捜査一課の強行班長、泉宗太郎《そうたろう》。『殺しの赤鬼』と異名をとる刑事部の中核的人物だ。

「お願い致します」

三田村が報告書を差し出すと、泉はちらりと目線を上げた。

「ご苦労」

ドスの利《き》いた声。近寄りがたい空気。完全に呑《の》まれた。だが——。

三田村は声を絞り出した。

「あの……」

「何だ?」

「捜査会議は何時からでしょうか」

「お前らはいい。帰れ」

お前らは単なる手足だ。そう聞こえた。

泉はもう書類に目を戻していた。

三田村は歯嚙《はが》みした。

――ふざけるな。このまま帰れるか。

捜査会議には出席を許されない。ならば今しかない。本部捜査一課の要《かなめ》であるこの男にネタを売り込む。三田村という人間を認知させる。それは、大勢の捜査員の前で発言するのと同等の価値があるに違いないと思った。

三田村は腰を折った。声を落とす。

「班長――事件のことでお話ししたいことがあります」

泉は怪訝《けげん》そうな顔を上げ、三田村が提出した書類をペンの尻《しり》で突いた。

「報告書は受け取った」

「書いていない情報を持っています」

泉の両眼が怒りを帯びた。

「なぜ書かなかった」

「ローラーで得た情報ではないからです」

「だったらもう一枚書け」

「ですが――」

「書け」

有無を言わさぬ威圧感。三田村は席に戻った。乾いた唾《つば》が喉に張りついていた。

恒子はもうバッグを肩に掛けていた。

「それじゃ、また明日《あした》ね」

「……」

「どうしたの？　顔が青いわよ」

「何でもありません」

恒子の後ろ姿を見送り、三田村は椅子に腰を下ろした。用紙に向かった。書くしかなかった。書いて認めさせるしか。

――くそっ。みてやがれ。

ペンは進まなかった。バンダナとリストバンドの瞬時のやりとりを文面にするのは思いのほか難しかった。うまく書こうとすればするほど、なにやら真実とは掛け離れた胡散臭《うさんくさ》い情報に化けていくような気がする。

壁の時計は八時を回っていた。

「遅くなりました」

三田村は対決の思いで書類を突き出した。

泉は無言で目を通した。その白髪混じりの頭に、文字にはできなかった微妙なニュアンスを言葉にして降らせた。

「二人の様子から察するに、ウラベは二人より格が上だという感じがしました」

「確かなのか」

「何がです？」

「本当にウラベと言ったのか」

そうです。即答しようとして、だが、三田村の脳に待ったが掛かった。「ウラベ」。確かにそう聞こえた。しかし、バンダナがそう発したのかと問われれば、自信が揺らぐ。聞き間違い。そういう可能性だって考えられなくはない。

「おそらくは――」

言いかけた時だった。

〈み…どない……〉

不意に老人の言葉が脳を突き上げた。

〈み…ない……〉あれも最初はそう聞こえたのだ。

追い打ちを掛けるように謎《なぞ》の単語が次々と頭に浮かんだ。〈じゃず……〉〈しゃが…

る〉〈まや……〉〈ぐれ…ぷ〉。その単語の渦の中に「ウラベ」が巻き込まれていく。

「ご苦労」

重低音が、三田村の思考を断ち切った。気持ちが一気に昂《たかぶ》った。

「間違いありません。確かにウラベと言いました」

「わかった」

三田村は食い入るように泉を見つめた。

わかった？　それだけか……？

大河の向こう岸に渡る。そんな思いで三田村は口を開いた。

「班長――ウラベの捜査、私にやらせていただけないでしょうか」

泉が視線を上げた。白目が銀色に鈍く光っていた。その顔はみるみる紅潮して、「殺しの赤鬼」の異名を彷彿《ほうふつ》とさせた。恐ろしい形相だった。

三田村は硬直した。体の芯《しん》に震えがきていた。

「し、失礼します」

逃げるようにその場を離れた。刺すような泉の視線を背中に感じて足が速まった。

わきから誰かに弁当を渡された。「門番」の背広が声を張り上げた。

「指定捜査員は席に着け！　五分後に捜査会議を始める！」

ローラー捜査を担当した捜査員があたふたと退室を始めた。その流れの中に三田村もいた。入室してくる指定捜査員と入れ違いになり、廊下に押し出された。背後でドアが閉じる音がした。会議室から締め出されたのだ。

屈辱だった。三田村はその場に立ち尽くした。拳《こぶし》をきつく握りしめていた。

足音が聞こえた。ゴム毬《まり》のような弾む動きで、若い男が階段を駆け上がってきた。刑事課の明石《あかし》竜男。三田村の同期だ。駆け抜ける背広の裾《すそ》を思わず摑《つか》んだ。

「待て」

「すまん。捜査会議なんだ」

その台詞《せりふ》が怒りを煽《あお》った。

「一分だけ付き合え」

トイレに明石を連れ込んだ。

「頼む。行かせてくれ。始まっちまう」

拝む明石の腕を三田村は放さなかった。

「聞かせろ明石――なぜ俺たちを捜査会議から締め出すんだ。刑事以外は捜査員じゃないのか」

「そんなことねえって」

「あるんだよ。こっちは地図のコピー一枚持たされてローラーだ。ぜんぜん事件に関係ない団地だぞ」

「関係あるかないか、やってみなきゃわからねえだろう」

「ふざけんな！　だったら代われ。お前は何をやってんだ」

「昇天の常連客だよ」

さらに血が昇った。

「パチンコはウチの課の担当なんだぞ。何でトーシロのお前らが調べるんだ」

「しょうがねえだろうが。殺しはこっちの仕事なんだからよ」

「だから捜査会議にも出席させないってのか？　情報を上げさせるだけ上げさせておいて、そっちは何も教えねえ。俺たちはガキの使いじゃねえんだぞ」

「違うって。保秘だよ、保秘——捜査のネタを知ってる人間が増えりゃ増えるほどマスコミに情報が漏れやすくなるだろうが」

「聞いたようなことぬかすな！」

三田村は弁当を床タイルに叩《たた》きつけた。

「刑事は刑事だけで事件がやりてえってことじゃねえか！　俺たちを蚊帳《かや》の外にしてよ」

「そうじゃねえ」

明石の顔も赤かった。

「俺たちだって同じなんだよ」

明石は辺りを警戒するように見回し、声を潜めた。

「捜査会議ってのは二度開かれるんだ。二度目ん時は俺たち所轄《しょかつ》の刑事は入れねえ。捜査情報のホントにおいしいところは、本部の連中だけが握ってるんだよ」

三田村は言葉を失った。

明石は三田村の肩を軽く叩いた。

「カッカするなよ、三田村――組織捜査ってのはそういうもんなんだ」

4

翌朝。独身寮の食堂では、テーブルに開かれた新聞に幾つもの頭が重なっていた。

『犯人は西へ逃走か』

特ダネだと言わんばかりに、その地元紙の見出しは躍っていた。記事によれば、昨日午前九時半過ぎ、「昇天」に隣接する民家の主婦が、急発進する車の音を聞いた。

音の去った方向は西。その裏道は一キロ先で国道と交わる――。

西。美並住宅団地とは正反対の方向だ。

「ウチから出たネタじゃねえ。ブンヤが自分で拾ってきたんだろうよ。アテにならんぜ」

朝飯のトレイを手にした明石が耳元で囁《ささや》いたが、三田村はお座なりに頷《うなず》いただけだった。一夜明けて気持ちはすっかり萎《な》えていた。犯人が西に逃げようが東へ行こうが、そんなことはもうどうでもよかった。どのみち美並住宅団地に事件解決の鍵《かぎ》など転がっていやしない。捨て鉢な思いが胸を覆《おお》っている。

食べ終えた食器を手に席を立つと、電話だと寮母に呼ばれた。

芳賀恒子からだった。

〈早くにごめんなさい。今日、ちょっと遅れていいかな。下の子が高い熱出しちゃってね、病院に連れていきたいの〉

「構いませんよ。ぶらぶらやってますから」

〈ありがとう。恩にきる。あっと、それから、昨日のアレ、わかった?〉

「何ですか、アレって?」

〈ほら、あのおじいちゃんの謎の言葉。あたし、わかったんだあ〉

三田村は少なからず驚いた。

「どうわかったんです？」

〈しゃが…る、ってやつ。途切れてたとこ伸ばすのよ。しゃがーる、って。ね？〉

シャガール。確かに意味のある言葉になった。画家の名だ。

〈じゃあ、ぐれ…ぷ、は？〉

「グレープ」

〈そ。フフッ、すごいでしょ？　ホント言うとね、下の子が気づいたの。あたしが独り言みたいに、ぐれぷ、ぐれぷって言ってたら、グレープでしょ、ってね。やっぱり子供は天才ね。じゃあ、よろしく。病院から戻ったら団地に駆けつけるから〉

受話器を置いてみて、結局のところ何がわかったのだろうかと三田村は思った。

シャガール。グレープ。そう、ジャズもあった。画家。果物。音楽。それぞれの意味はわかっても、老人が何を思ってそうした単語を口にしているのかが不明だった。

それに恒子の説では「み…どない」は解けない。ミードナイ。ありそうな単語だとも思うが、三田村は耳にしたことがなかった。やはり老人はボケているのだろうか。ただ思いついた横文字の単語を口にしていただけだったのか。

今日もいるだろうか……。

団地へ向かう車の中で、三田村はまだ老人のことを考えていた。どうにも気になる。あの両眼は、魂が飛んでしまった人間のものとは思えなかった。一方の頭で時間潰《つぶ》しを考えていた。事件から締め出された。聞き込みに歩いたところで、どのみち留守宅ばかりだ。あの公園に老人がいれば、少しは退屈が紛れるだろうと思った。

だが——。

団地に着いて最初に出くわしたのは、思いも寄らない人物だった。

「おい、三田村じゃねえか」

その声は、十年の時を経て届いたように感じられた。三田村は身を硬くして振り向いた。

やはりそうだった。

「俺だよ、俺」

大声で言いながら、パンチパーマの巨体が、濃い紫色のスポーツカーから降りてきた。斎木稔《みのる》。その名を思い出すのも嫌で、だから、「S」のイニシャルに封じ込めた中学時代の同級生だ。

「久しぶりだなあ、おい。噂《うわさ》聞いてたまげたぜ、お前、サツ官になったんだって?」

「うん」

答えた三田村は慄然《りつぜん》とした。「ああ」。そう返すべきだったのだ、ぶっきらぼうに。

斎木は屈託なかった。遊びに来てくれや、と名刺を差し出す。「クラブ百花」――。

「バーテンやってんだ。ヤサはあそこ」

やくざっぽいリングが光るごつい指は、団地の外れにある豪華なマンションをさしていた。ローラー捜査の対象地域。別の組が回っているはずだ。

「だったら、ウチのが行かなかったかい？」

ウチ。自分が警察組織の一員であることを強調する。

「ああ、来た来た。すげえ事件があったんだもんな。犯人はわかったのか」

「いや、まだなんだけど……」

どうして「下」の言葉遣いになるのだ。三田村は自分自身に苛立《いらだ》った。水商売の許認可は生活安全課が握っている。その気になれば、ちっぽけなクラブの一つや二つ潰してしまうのはわけないことなのだ。

「そうそう、これを言わなきゃだぜ。お前がホレてた美香がいたろう。深沢美香」

「そんな……別にホレちゃ……」

語尾が掠《かす》れた。心臓を射抜かれた思いだった。

「いま俺の店にいるんだ。いい女になりやがってさ。なっ、だからいっぺん遊びに来いや。喜ぶぜえ美香のやつ。おっと、店じゃ明日香《あすか》って名だけどな」

殺意にも似た感情がこみ上げた。この男を抹殺したい。存在そのものを消し去ってしまいたい。あの中学の頃に遡《さかのぼ》って。

「斎木――」

「君」を省いて呼んだのは初めてのことだった。腹から声を押し出す。

「昨日の午前九時半過ぎ、どこにいた？」

「あ？」

「事件があった時間帯だよ」

斎木の表情が曇った。眉間《みけん》に皺《しわ》が走る。

「寄り込んだサツ官に話したぜ」

「俺も聞きたいんだ」

巨体がにじり寄った。耳元に低い声。

「よう三田村、いつからそんなに偉くなったんだ？」

全身が粟立《あわだ》った。膝《ひざ》に震えがきた。そんな筈《はず》はない。三田村は必死に自分に言い聞かせた。

斎木の口の端が笑った。

「教えてやるよ。毎度のことでな、朝五時ごろ帰って昼過ぎまで家で寝てたよ——満足したか」

「……うん」

5

芳賀恒子が現れないのをいいことに、三田村は聞き込みをサボって児童公園に腰を落ちつけていた。

老人はベンチにいた。昨日と同じだ。身じろぎもせず市道を見つめている。隣のベンチで、三田村は陽光を照り返す瀟洒《しょうしゃ》なマンションを睨《にら》みつけていた。

——なんであんなところに住めるんだ？

家賃は相当に高いだろう。スポーツカーも乗り回していた。クラブのバーテン。それほど稼げるものなのか。

斎木と「昇天」の事件を結びつけようとしていた。現実にではなく、打ちのめされた心を晴らすための妄想。

虚《むな》しかった。

「くろ……ば……」

老人の声が時折耳に届いてくる。

自然と恒子の翻訳方法を当てはめていた。

クローバ。いや、クローバーだろう。三つ葉のクローバーだ。

「ぴすたちお……」

ピスタチオ。これはそのままだ。ナッツ類にそんな名のものがあった。

「く…る」

クール。

「ふゅ…ちゃ……」

フューチャー。未来だ。よく試験前に単語帳を捲《めく》った。

「ぱ…しょん……」

パーション？　初耳だ。そんな単語があったろうか。

「ほ…けんはいむ……」

ホーケンハイム。これもわからなかった。いや、待て。似たような語感の言葉を知っている。そう。ホッケンハイムだ。確かドイツかどこかの都市の名前――。

思わず頬《ほお》が緩んだ。新たな翻訳の法則を見つけてしまったらしい。伸ばす言葉だけではない。老人は、小さい「ツ」もうまく言えないのだ。

パーションは……パッション。やはりそうだ。情熱。ちゃんとした単語になった。

昨日の疑問もあっさり解けた。〈み…どない〉。ミッドナイ——ミッドナイトか。真夜中。

笑いかけて、だが三田村は口を噤《つぐ》んだ。

不審な車を見なかったか。その問いに対する老人の答えが「ミッドナイト」だったということだ。偶然だろうか。たまたま三田村が質問した時に、老人が言葉を発しただけか。

いや、違う。最初は〈み…ない〉としか聞こえなかった。それで三田村は聞き返したのだ。要するに、老人は同じ質問に対して二度とも「ミッドナイト」と答えたということだ。

ミッドナイト。真夜中。それはいったい何を意味するのか。

三田村は隣のベンチに顔を向けた。

「おじいさん、もう一度、聞かせてもらえませんか」

「………」

「昨日の朝、十時前です。不審な車を見ませんでしたか」

「み…どない……」

三田村は思わず老人の手を握った。

「ミッドナイトですね。どういう意味です？　何を見たんです？」

「み…どない……」

「その意味です。おじいさん、教えて下さい」

「み…どない……」

老人は同じ単語を繰り返すばかりだった。

三田村は車で駐在所に向かった。昨日、恒子が老人の保護を依頼したのを思い出したのだ。駐在所員に聞けば、老人の身元がわかるだろうと踏んでいた。

思惑は当たった。いや、それ以上だった。

「ああ唐沢《からさわ》さんのことね。君なんか若いから知らないだろうけど、あの人、ウチの大先輩なんだよ」

定年間近い石井巡査長は笑いながら言った。

警察OB――。三田村は絶句した。

「遅くなってごめんなさい」

恒子が拝みポーズで駐在所に入ってきた。表にとめていた三田村の車に気づいたのだという。

来客が嬉《うれ》しいらしい。石井は二人に茶を振る舞い、得意そうに話を聞かせた。

唐沢大介。七十八歳。轢《ひ》き逃げ捜査などをバックアップする交通鑑識係が長かった。出世には縁がなく、階級は巡査部長止まりだった。二十年前に退官。妻に先立たれ、現在はアパートで独り暮らし。数年前から痴呆《ちほう》の症状が出ているが、身の回りのことはだいたい自分で出来る。

石井が電話で席を立つと、三田村は長い息を吐いた。

「芳賀さん、知らなかったんですか。交通課の人なのに」

「わたしが任官するずっと前だもん。でも、今の話聞いててやっと思い出した。あのおじいちゃんをどこで見かけたか」

「えっ？　どこですか」

「車屋さん。本庁通りにズラッと車の販売店が並んでるでしょ。そのショールームに出たり入ったりしてるとこを見たんだ」

車の販売店……？

「あの辺りは、唐沢さんのパトロールコースだからね」

電話を終えた石井が話に割り込んできた。

「なぜ唐沢さんは車の販売店に？」

三田村が聞くと、石井は悪戯《いたずら》っぽく笑った。

「行ってみりゃあわかるよ。これからアパートに行くけど、一緒に来るかい？」

これから行く？

石井は引き出しから、「唐沢」と書かれた札のついた鍵《かぎ》を取り出した。

「こっちの巡回コースってわけ。唐沢さん、鍵かけないで出掛けちまうんでさあ」

すぐに三人で駐在所を出た。

胸騒ぎがする。すべてが一本の線に繫《つな》がる。そんな確かな予感があった。

車で三分と掛からなかった。外壁がひどく傷《いた》んだ二階建ての木造アパート。石井に続いて、三田村と恒子も六畳一間の部屋に足を踏み入れた。

「こ、これは……？」

三田村は息を吞《の》んだ。床一面、車のカタログが散乱していた。百？　二百？　想像もつかない数だった。

「唐沢さんね、新しい車が発売されると、販売店にカタログを貰《もら》いに行くんだよ」

「なぜ……？」

「ここんとこを見たいからさ」

石井はカタログを幾つか拾い上げて頁《ページ》を捲り、三田村の顔の前に突き出した。カラーリングのバリエーションを紹介する頁……。

あっ、と声が出た。三田村の目は印刷の文字の一つに吸いつけられていた。

『クローバーグリーンパール』

色——車の塗装色の名前。

「見て、こっちも！」

恒子が別の車のカタログを突き出した。

『シャガールブルー』

三田村は天を仰いだ。

色だった。唐沢はあのベンチに座り、市道を走る車の色を口にしていたのだ。

「新型車の形や色を覚えるのは交通警察官の基本だ——これ、元気なころの唐沢さんの口癖ね」

石井は棚の上の分厚い資料を指さし、爪先《つまさき》立ちになって引っ張り出した。表紙に、筆文字で「塗膜片台帳」と大書きされてある。

「轢き逃げがあった時、現場に落ちている塗膜片と照合するための資料だよね。交通鑑識やってた頃に作ったんだと。根気のいる仕事さあ。車のメーカーや修理工場に足を運んで、いちいち塗膜片を集めてくるんだもん。全部の車種の全部の年式の全部の色だよ。二万色もあるんだと、この台帳に」

「二万色……！」

「でも、上はあんまり評価してくれなかったらしいや。それで最後のころは刑事部の鑑識のほうへ異動させられちまったんだ。唐沢さん、悔しかったみたいだね。交通鑑識が根っから好きだったから」

唐沢は交通部から締め出された。

だからいまだに……。死んでいない両眼。そういうことだったのか。

三田村は我に返った。

「ミッドナイト」——それも車の色なのだ。このカタログの海の中にきっとある。見つけ出せれば、老人が目撃した車種がわかる。

「手伝って下さい」

三人で片っ端からカタログを調べた。

老人が口にした色が次々と出てくる。マヤイエローメタリック……グレープパープル……ジャズブルー……パッションローズマイカ……フューチャーイエロー……ピスタチオグリーン……。

客の購買意欲をそそるための戦術なのだろう、車の塗装色のネーミングは、どこの社も凝りに凝っていた。

クラシックレッド……ピュアホワイト……コーンフラワーブルー……スパークルグリーン……ナイトホークブラックパール……。

三田村の手が止まった。ミッドナイトパープル。真夜中の紫――。

衝撃は二段構えで三田村を貫いた。

ミッドナイトパープル。それは、N社のスポーツカーに使われている塗装色だった。

斎木稔が乗っていた、あの濃い紫色の車の色がそれだった。

6

半年後――。
三田村は刑事課への配転を命じられた。引き抜かれたわけではない。生活安全課から追い出されたと言った方が当たっていた。「イエロー」の対抗勢力である「パープル」の少年の胸ぐらを締め上げた。三田村は失職の危険を冒して賭《かけ》に出たのだ。

「昇天」の強盗殺人は未解決のままだった。本部強行犯係の面々は、その後に起きた重要事件へと散ってゆき、捜査は三ツ鐘署刑事課の専従班に委《ゆだ》ねられた恰好《かっこう》になっていた。

半年前、三田村は斎木稔に関する報告書を「殺しの赤鬼」に提出した。その情報が捜査本部の中でどう扱われ、どう処理されたかはわからない。会話もままならない唐沢大介の目撃証言そのものを「信憑性《しんぴょうせい》なし」と一蹴《いっしゅう》したか。あるいは、「ウラベ」に続いて「斎木」の情報を上げた三田村を「オオカミ少年」と笑ったか。いずれにしても斎木の身辺に捜査の深い手が伸びた形跡はなかった。

三田村は半年掛けて一つの仮説を打ち立てていた。

バンダナが口走った名前は、「ウラベ」ではなく、「ウラヘ……」だった。「裏ヘッド」。そう言いかけて途中で口を噤《つぐ》んだのではなかったか。

「イエロー」の上には「裏ヘッド」と呼ばれる元締めがいて、その男を通じて地回りのヤクザに上納金が流れている。構図はわかっていたが、「イエロー」のメンバーは決して口を割らず、だから、「裏ヘッド」が誰であるのか、生活安全課は摑《つか》めずにいた。

「裏ヘッド」は斎木稔。それが、三田村の立てた仮説だった。「イエロー」と敵対する紫色の車を駆る男。それは、「裏ヘッド」の正体を眩《くら》ます隠れ蓑《みの》なのだと読んだ。

高級マンション。スポーツカー。その後の調べで浮かび上がった複数の女との派手な交遊。とてもではないが、バーテンの斎木に賄《まかな》える金額ではなかった。

仮説は発展する。斎木は「イエロー」と暴力団の間に入って「副収入」を得ていた。だが、「イエロー」の連中からの上納が伸び悩み、ヤクザから脅されていた。優雅な生活を続けるための金も必要だった。斎木は「昇天」を襲った。金策のために。そして、「イエロー」の連中を震え上がらせ、永久に支配するために――。

「昇天」専従班への編入が決まったその夜、三田村は歓楽街へ足を向けた。雑居ビルの三階。看板のネオンが淫靡《いんび》な光を放っていた。「クラブ百花」――。

　事件発生から半年が経《た》っている。証拠はすべて消されているだろう。取調室での攻防が勝負のすべてだ。いずれそうなる。一対一。あの斎木と取調室で対峙《たいじ》する。

　その前にどうしてもしておかねばならないことがあった。過去を葬《ほうむ》り去る儀式。そんな思いを胸に、三田村は階段を上がった。

　ドアを開いた。有線のポップス。ルクスの低い照明。狭苦しい店内。カウンターの中からパンチパーマが伸び上がった。

「よう！　三田村、やっと来たな！」

三田村はとまり木に尻《しり》をのせ、カウンターの合板に両肘《ひじ》をついた。

斎木が声を張り上げる。

「おーい、明日香ちゃん、ちょっと来て！」

気付いていた。髪にラメを光らせた深沢美香の顔が店の奥に見え隠れしている。

「わあ、うそォ、三田村君なのォ」

嬌声《きようせい》と足音が背後に近づいた。

三田村は斎木の目を見据えて言った。

「斎木——返してくれ」

「あ？　何をだ？」

「十年前に貸した千円だ」

宣戦布告——。

背後の足音が止まった。

斎木は丸くした目に瞬《まばた》きを重ね、やがて、ニヤリと不敵な笑みを浮かべた。

三田村は足を組んだ。

その足が震えださないことをひたすら祈った。

仕返し

I

悪あがきのような残暑が恨めしかった。

的場彰一《まとばしょういち》は、ツタの這《は》う煉瓦《れんが》造りの門の前で足を止め、手荒に額の汗を拭《ぬぐ》った。

「私立青桐学園中等部」。校名を刻んだ銅板にも風格と威圧感が漂う。気後れしていた。場違いな所に来てしまった気がしてならない。

「あなた」

千里《ちさと》が耳のそばで言った。

「あんまり緊張しないでね。今日はただの見学なんだから」

「よく言うな、お前」

的場は怒ったように言い返した。

校内見学だって受験の一部なのよ。親子揃《そろ》ってじっくり観察されるんだから。そう一席ぶって親子三人の服を新調したのは誰だったか。

「お願い、普通の顔してて。緊張した時のあなたって刑事さんみたいに怖いんだから」

「黙れ」

的場が低く言った時、慶太の顔が上に向いた。いつもは垂らしている前髪を無理やり横分けにさせたから、額が妙に白っぽい。

「僕、ホントにここに通うの？」

的場が口籠《くちご》もると、すかさず千里が欲を含んだ笑顔で「通えるといいね」とフォローした。県下で唯一《ゆいいつ》、中高一貫教育を行っている名門校だ。高等部からは毎年、何人かの東大合格者も出している。的場君の成績なら中等部に受かると思います。まずは慶太の担任教諭が本気になり、それが千里で増幅されて的場にまで伝染した。

事務棟に足を向けた。

放課して間もないらしく、下駄箱の付近にブレザー姿の生徒が大勢いた。どの子もきちんと礼をして、「さようなら」と声を掛けていく。目を細めた千里がいちいち「さようなら。気をつけてね」と応じている。気分はもうすっかり青桐学園の父兄だ。的場は慶太の様子を盗み見ていた。足取りが軽い。周囲を見回す目が輝いている。ならば入れてやりたい。本心そう思う。

事務室のドアに「校内見学受付」の貼《は》り紙があった。所定の申込書に必要事項を書き込んで窓口に出した。用紙に目を走らせた女子事務員が、上目遣いで的場の顔を見つめた。五十一歳。中等部を受験する子供の父親としては年齢がいきすぎていると思ったか。そうでなければ、職業欄の「警察官」に驚いたかのどちらかだ。

ほどなく、案内役の教諭が現れた。安田と名乗る中等部二年の学年主任だった。内《うち》股《また》歩きが少々気味悪いが、いかにも利口そうな瞳《ひとみ》をもった三十代の男だ。

「では、さっそくご案内致します」

階段を上りながら、安田は申込書に目を落とした。

「ほう、お父様は警察官でらっしゃる？」

興味津々《しんしん》といった顔だ。

「ええ。そうです」

「刑事さんですか」

やはりそう映るか。

「若いころ少しだけやりました」

「なるほど。大変なお仕事ですものね。若いうちでないとできませんよね」

「いえ……」

背後の千里がハラハラしているのはわかっていた。だから言葉を接《つ》いだ。

「様々な部署を経験しましたが、現在は警察署の次長をしています」

「次長……？　そうしますと、署長さんのすぐ下？」

「ええ。署長の補佐役です。署内全般の管理運営とマスコミへの対応が主な仕事になります」

「そうですか、それはそれは」

安田は感心したように頷《うなず》いた。千里の足取りが軽くなったのがわかる。

教室。視聴覚室。パソコンルーム。体育館。天文ドーム。ひと通り校内を案内すると、安田は「まあお茶でも」と的場親子を応接室に誘った。開いたドアから、校内見学とおぼしき別の家族が廊下に出てきたところだった。

ソファのくすんだ色にも伝統と格式が窺《うかが》えた。的場と千里は全身で恐縮の意を表しつつ浅く腰掛け、間に慶太を座らせた。

安田が身を乗り出して慶太に尋ねた。

「ウチの学校は気に入ったかな？」

「……はい」

「どんなところが？」

「ぜんぶ……です」

慶太は頬を赤らめ、そのまま俯《うつむ》いてしまった。受験までには色々と教え込まねばなるまいと思う。

と、質問の矛先がこちらに向いた。

「お父様からご覧になって、慶太君はどんなお子さんです？」

トンビがタカを産む。最初に浮かんだ台詞《せりふ》を危うく呑《の》み込んだ。色々学ばねばならないのは的場のほうかもしれなかった。

「何と申し上げたらよいか……」

見切り発車的に言いながら、的場はまとまった言葉を探した。傍らの千里の鼓動が聞こえてきそうだ。

「親馬鹿《ばか》と笑われそうですが、とても思いやりのある子です。動物が好きで、ハムスターやカメを飼っています。友だちもたくさんいまして、クラス委員などにもしょっちゅう選ばれているようです。勉強も好きですし、こちらの学校にお世話になれれば、もっと伸びるだろうと思いまして」

安田はいたく満足そうに頷いた。

照れた慶太が体をモジモジさせる。的場の顔は、その慶太に負けないぐらい赤かったろう。

「お母様からご覧になっていかがです？」

「あ、はい。主人が申し上げた通りで、あの、すごく優しい子です。成績は六年生で一番で、あの、担任の先生がおっしゃるには、そうらしいんです」

日頃の「立て板に水」はどこへやらだった。

安田は微《かす》かに苦笑を覗《のぞ》かせ、的場に顔を戻した。

「お住まいは三ツ鐘市内なんですね？」

「ええ。三ツ鐘署の次長官舎に入っておりますので」

言ってから的場はハッとした。千里に吹き込まれた噂話《うわさばなし》を思い出したのだ。同じ成績ならば、青桐は学校に近いほうの家の子をとる。長距離の電車通学は危険が多いし、予習復習の時間も限られてしまって学習効果が上がらないから——。

的場は早口で付け加えた。

「ですが、来春にはこちらの大手市内に越してくる予定です」

「ほう、そうでしたか。しかし、それでは警察署へのご通勤が大変になるのでは？」

「いいえ、来春の人事異動で県警本部に戻ることが決まっています。ですから、当然、住まいも市内になります」

口から出まかせを言ったわけではなかった。三ツ鐘署クラスの所轄《しょかつ》で次長を丸二年やれば、警視に昇進して本部の調査官級ポストに就くのが慣例だ。無論、人事は下駄を履くまでわからないが。

安田の質問は続いた。

「大手市内に家をお持ちというわけではないんですね？」

「ええ。幹部官舎が用意されておりますので」

気持ち「幹部」に力を込めた。

「場所はどちらです？」

「県警本部の裏手に集中しています」

「それですと、ここは町外れですからちょっと交通の便が悪いですね。ご子息が入学された際にはバスを乗り継ぐか、さもなくばマイカー通学ということになりましょうか」

「おそらくは家内が車で送ることになると思います」

安田は視線をずらした。

「お母様は免許をお持ちなんですか」

「持っております」

　コチコチの千里が答える。

「お仕事は？」

「いまはしておりません」

「なるほど。お母様はお若いですし、日々の送り迎えもさほど負担にはならないでしょうね」

　安田は、的場と千里の顔を等分に見た。

　的場は身を固くした。お母様はお若い。その通りだ。千里は三十九歳で、的場とは一回り違う。目の前の安田はそのことを訝《いぶか》しく思っているのだろうか。

　二度目の妻。気取られては不利になると思った。

「お疲れさまでした。それではお気をつけてお帰り下さいませ」

　腰を上げた安田は慶太に微笑《ほほえ》みを向けた。

「大変利発そうなご子息で、先が楽しみですね。私どももご縁があることを祈っております」

　的場は敬礼よりも深く頭を下げた。手には脂汗《あぶらあせ》を握っていた。

　校舎を出た千里は、今にもスキップをしそうな足取りだった。安田の話をすべて額面通りに受け取った顔だ。

「あたし、頑張って送り迎えしますから」

「ん」

「入れるかもね、次長さん」

耳打ちだったが、その弾んだ声は地声に近かった。

「聞こえるぞ」

軽く諫《いさ》めて、的場は慶太を見た。傍らにいたはずが、二、三歩遅れて背後にいた。校舎の上の時計台を仰いでいる。顔は見えないが、その瞳が期待と憧憬《しょうけい》の色に染まっているであろうことは容易に想像できた。

小さな胸の内で思っているのかもしれない。

この学校ならきっといじめられない——。

2

昨日の残暑が嘘《うそ》のように、一転、秋めいた一日となった。

三ツ鐘署管内は概《おおむ》ね平穏だった。午後になって雨が落ち、石踏坂《いしふみざか》のスリップ事故が心配されたが、無線は静かだった。

的場は一つ大きく伸びをした。署庁舎一階の次長席。もう午後五時半を回っている。今夜の当直員も配置についたので、帰り支度を始めようと鞄《かばん》に手を伸ばした時だった。

執務机の警電が鳴った。

「はい、次長席」

〈あ、梅津です〉

四階の地域課からの内線だった。課長の梅津が早口で言う。

〈たったいま交番員から入った連絡なんですが、南公園でホームレスが死んでるのが見つかりました〉

背筋に悪寒《おかん》が走った。

ホームレス。その単語を耳にする都度、嫌でも二月前の「投石事件」が思い出される。

的場は微かな恐れを胸に送話口を寄せた。

「事件じゃないんだろうな？」

〈それはないと思います。死んでいたのは自分のハウスの中で、毛布もちゃんと掛けてたそうですから〉

梅津の声に張り詰めたところはなかった。

〈次長もご存じでしょう？　死んだのは、例のポンちゃんですよ〉

的場が返すと、警務課のシマで聞き耳を立てていた仁木《にき》巡査の首が伸びた。

「ポンちゃん？　知らんな」

「ポンちゃんがどうかしたんですか」

的場は受話器を肩に下ろして仁木に顔を向けた。

「知ってるのか」

「ええ。ちょくちょく酔って署に現れますから」

「ああ、あいつか……」

ホームベースのように角張った初老の男の顔が浮かんだ。どこの署にも一人か二人は必ずいる「深夜の常連客」だ。署長と次長に当直勤務はないが、いつだったか、真夜中に工場火災が発生して署に出た時、その男の派手なパフォーマンスを目にしていた。交通課の前の廊下で大の字になり、喚《わめ》き、泣き、笑い、大いに署員を手こずらせておいて、最後には廊下のベンチで高鼾《たかいびき》をかいていた。いかつい面相に似合わず色白で、睫毛《まつげ》が妙に長いのが印象的だった。

「死んだそうだ」

仁木は目を丸くしたが、それには構わず、的場は受話器を耳に戻した。

「梅津、ちょっと下りてきてくれ。広報文を作らんとならん」

〈記者発表するんですか〉

「ああ、一応な」

〈おそらく病死ですよ〉

「いいから下りてこい」

ホームレスの死――たとえ病死であっても記者たちは記事にしたがるに違いない。とりわけ、地元テレビ「チャンネル9」の秋月は、以前から南公園のホームレスの生活ぶりを熱心に追いかけている。

その秋月には「投石事件」に目を瞑《つむ》ってもらった借りもある。下校途中の少年五人が悪戯《いたずら》半分、ホームレスの「ハウス」に石を投げつけた。実害はなかったが、五人のうち四人までが三ツ鐘署員の子供だった。慶太も入っていた。警備課長の倅《せがれ》に命令され、小石を二つ投げた――。

的場はフックを押して電話を切り、すぐさま次長官舎の番号をプッシュした。椅子《いす》を回転させ、警務課のシマに背を向ける。

〈はい、的場です〉

舌打ちして声を殺す。

「鳴ったのは警電だろう。次長官舎だと言って出ろ。何べん言ったらわかるんだ」

〈あ、ごめんなさい。で、なに？〉

千里に反省の様子はない。

「ちょっと遅くなる。先にやっててくれ」

〈そんなあ。主役がいなくちゃ何もできないでしょ〉

今日が五十二歳の誕生日だ。一つでも若いほうがいいと千里が力説し、だから昨日、年次休暇をとって青桐学園の校内見学に出掛けた。

「いいから先に食え。慶太に空《す》きっ腹のままいさせるなよ」

〈何時ごろになるの？〉

「わからん」

〈じゃあ後でもう一回電話して。八時ぐらいまでなら待つから。ね？〉

およそ警察官の妻としての自覚がない。だが、的場はそうした千里のあっけらかんとしたところが嫌いではなかった。

電話を切ってすぐ、長身の梅津が一階フロアに姿を現した。次長席の前のソファに腰掛けるなり、憤慨した口調で言った。

「次長――何だってホームレスを特別扱いするんです？　病死じゃあ、ちょっとした会社社長だって新聞には載らんでしょう」

「そうカリカリするな。マスコミ的には市民よりホームレスの命のほうが重いってことだ。連中はお涙頂戴《ちょうだい》が大好きだからな」

「市長が悪いんですよ。博愛主義者なのか偽善者なのか知りませんが、ハウスの撤去には絶対首を縦に振らないでしょう。しかし実際、怖がっている市民も多いんですよ。散歩コースは変えなくちゃならないし、子供には公園で遊ぶなってことになるし、だからあんな騒ぎだって――」

梅津は口を噤《つぐ》んだ。「投石事件」は三ツ鐘署のタブーだ。無論、本部にも報告を上げていない。

的場は諭す口調で言った。

「まあ、いずれにせよ、好きでホームレスをやってる人間はいないってことだ。そう考えるほかあるまい？　俺たち公務員はリストラがないんだからな」

だからといって警察官が遊んでいるわけではないだろう。梅津の顔はそう語っていたが、言葉にはしなかった。

的場は胸ポケットのペンを抜き、テーブルにメモ用紙を開いた。

「じゃあ、概要を教えてくれ。あんまり遅れて発表すると騒ぐ記者もいるんだ」

「わかりました」

梅津はやや畏《かしこ》まり、懐《ふところ》からメモ帳を取り出した。

「死者は通称ポンちゃん。本名及び本籍は不明です。年齢もわかりません。要するに身元不明死体です。ホームレス仲間の一人にホンダと名乗ったことがあって、そこからニックネームが生まれたようですが、そのホンダにしても本名かどうかわかりません」

的場はペンを動かしながら、続けてくれ、と促した。

「死体発見の状況ですが、今朝と夕方の二回、ポンちゃんのハウスに応答がなく」

「ホンダでいこう」

「わかりました——ホンダの隣のハウスに半沢克久《かつひさ》というホームレスがいるんですが、その半沢が朝八時ごろ声を掛けたところ応答がなかったそうです。夕方また呼んでみたがやはり応答がなく、不審に思ってハウスの中に入った。いくら揺すっても起きないので、ひょっとして死んでいるのではないかと思い、慌《あわ》てて南交番に駆け込んだ。柴山《しばやま》巡査が現場に臨場し、午後五時十五分、ホンダの死を確認したという次第です」

的場はメモを取りながら、頭に南公園の情景を思い浮かべていた。ここから五百メートルと離れていない。正式名称は「南部地区総合運動公園」。遊具やアスレチックを配した土の敷地と、サッカーの試合でもできそうな芝の広場を合わせてそう呼ぶ。その芝の広場の奥まったところに松林があって、二十人ほどのホームレスが、段ボール箱やビニールシートで造ったそれぞれの「ハウス」で寝泊まりしている。彼らが集まり始めたのは四年ほど前からだと古株の署員は話す。的場が赴任した一年半前には、既に現在の「集落」が出来上がっていた。

「刑事課は向かったんだな？」

「ええ。検視班が先ほど出ました」

「柴山が見た死体の様子は？」

梅津はメモ帳に目を落とした。

「ハウスの中央で、仰向けの恰好《かっこう》で死んでいたそうです。中は二畳ほどの広さがあって、万年床のようにベッド用のマットレスが敷いてあり、毛布を胸の辺りまで掛けていた。面相は綺麗《きれい》で、眠っているように見えたとのことです」

「中に争った形跡とか……愚問か」

梅津はにやりと笑った。

「ええ、争ったとしてもわかりません。中はゴミ集積場で拾ってきたようながらくたや一升瓶、ビールの空き缶等々が散乱していたそうです」

　的場は一つ頷《うなず》いた。

「で、ホンダはどうやって食ってた?」

「やはり、ゴミ集積場です。まだ使えそうな廃品を公園の水で綺麗に洗ってリサイクルショップに売って小金を得ていたようです。死体を発見した半沢の話では、ホンダは手先が器用で、オーブントースターやコーヒーメーカーぐらいなら、壊れていたものを直したりもしていたらしいです」

「以前そういう仕事に就いていたか……」

「かもしれないですね」

　的場は書き取ったメモをざっと読み返した。

「いずれにしても、問題はホンダの身元だな。本当に何もわからないのか」

「ええ……」

　梅津は顔を曇らせた。

「嫌というほど署に来てたんで、皆が代わる代わる問い詰めていたわけですが、頑として口を割らないんです。事件を起こしているわけではないので、まあいいか、ということになってました」

「出身は北海道かもしれませんよ」

警務課の仁木が口を挟んだ。さっきから何か言いたくてウズウズしているのはわかっていた。

的場は仁木に顔を向けた。

「どうしてそう思う？」

「方言ですよ。しこたま酔うと、そったらこと知らん、とか口にしますから。それにポンちゃんはひどく暑がりで、ここに来るのも夏が多いんですよ。夜中になってもクーラーの冷気が残ってるからって、そんなことを言っていました」

頷いていいのかどうかわからない話だった。北国の人間は意外に寒がりが多いのだと、どこかで聞いた記憶もあった。

的場は体を捻《ひね》り、警電を引き寄せた。刑事課長の内線番号をプッシュする。

すぐに課長の反町《そりまち》がでた。

「的場だ——検視班はどうした？」

〈いましがた連絡がありました。外傷は皆無。事件性はなさそうです。死後十数時間はゆうに経《た》っていると言ってきてます〉

深夜から今朝未明に死んだということか。

そうみてよさそうだ。「隣人」の半沢は午前八時に声を掛けたが応答がなかったと言っている。

〈ホトケは安置室に運んで一泊させ、明日、大手医大に送ります〉

「解剖するのか」

〈司法ではありません。身元不明死体なので行政解剖に附します〉

「その身元の件なんだが、犯歴照会とか自動指紋とかでも引っ掛からないのか」

〈掛かりません〉

反町の声は素っ気なかった。一月前に起きたコンビニ強盗が挙がっていない。ホームレスの死など眼中にないのだろう。

「免許は？」

〈取得したことがないようです〉

「北海道出身という情報があるらしいが、その点はどうだ？」

〈聞いてません〉

溜《た》め息《いき》とともに受話器を置いた的場は、メモ用紙の書き込みを指で辿《たど》った。顔を上げ、梅津に言う。

「この隣人の半沢ってホームレス、ホンダの出身地ぐらいは知ってるんじゃないの

す」

「聞いてないと言ってます。これから数人出して、他のホームレスも当たってみま

か」

「現段階では、年齢もわからん、ということだよな」

刑事課は何もしない。梅津もそう察したに違いなかった。

「ええ。五十は過ぎているが六十まではいっていない。そんなところだと思います

が」

的場は壁の時計に目をやった。午後六時三十五分。窓の外はもう真っ暗だ。

梅津を労《ねぎら》って帰し、的場は執務机に戻って広報文を書き始めた。八時には帰宅できるかもしれない。頭はそんな計算をしていた。

的場はペンの手を止め、四階の地域課に電話を入れた。「ホンダ」の昨日の足取りを聞くのを忘れていたからだった。梅津はもう退庁していた。官舎に電話したものかどうか迷ったがよした。詳細な広報文を作るのが馬鹿《ばか》らしく思えてきたのだ。所詮《しょせん》はホームレスの死亡事案だ。しかも事件性はないらしい。足取りにしたって、確かなものがあったなら梅津のほうから口にしたはずだ。それにそう、官舎では慶太が腹を空かせて待っている。

七時五分に書き上げた。次長席の正面にある当直員のシマに、夕食の出前が届いたところだった。いつもなら、ナイター観戦をしながらの和気あいあいとした食事タイムになるはずだが、的場が居残っているので誰もテレビを点《つ》けない。白けた表情で新聞など捲《めく》りながら、黙々とラーメンやチャーハンをかき込んでいる。

「野球はどうなってる？」

当直員に一声掛けてやってから、的場は署長官舎に電話を入れた。山根署長に事案の概要を説明し、記者発表の許可を得た。

〈本部の広報課にファックスを入れる前に、こっちの記者に連絡を入れてやれ。連中、すぐむくれるからな〉

山根は苦笑いの声でそう指示した。

先刻承知だ。的場は三ツ鐘署を担当する通信部の記者控を手元に引き寄せ、仁木と手分けして電話連絡を始めた。新聞テレビ合わせて九社だ。

まずは「チャンネル9」の秋月のアパートに掛けた。出ない。携帯に掛け直すと、ややあって、だるそうな声で応答があった。同時にポップスとクラクションの音。

「三ツ鐘署の的場だ。ちょっとどこかに車を止めてくれ」

〈あー、はい。いま止めたよ。なんかあった？　事件？〉

「ってほどじゃないが、南公園のホームレスが一人死んだんで連絡を回してる」

〈誰?〉

秋月の声が真剣になった。

「ポンちゃんとか呼ばれている男だ。知ってるか」

〈もちろんさ。インタビューしたこともあるよ。彼、死んだの?〉

この段になって、発表前に秋月から逆取材する手もあったと的場は思った。

「本名とか知ってるか」

〈言わないんだ。上がホンダなのと、北から流れてきたのは間違いないと思う〉

「やっぱり北海道か」

〈おそらくね。北海道から東北、北陸を渡り歩いて関東に来たんだ――それよか、ホントに死んだの? 死因は?〉

「病死だと思う。明日、解剖するよ」

〈いつ死んだの?〉

「夜中らしい。発見されたのは午後五時過ぎだったけどな」

〈何だよそれ!〉

秋月は突然いきり立った。

〈もう二時間も前じゃんかあ。勘弁してよオ、すぐ知らせてくれりゃ、明るい時間の絵が撮れたのにさあ〉

三十半ばになる秋月は「チャンネル9」の契約社員だ。記者とカメラマンを一人二役でこなし、三ツ鐘周辺の事件事故や話題を拾っては局に持ち込んでいる。いずれは正式社員として採用されたいと考えているらしく、だから、局の人間に「現場に行くのが遅れた」と思われるような映像は送りたくないのだろう。

「あんまり言うな。こっちだって精一杯急いだんだ」

的場が不機嫌になって言うと、秋月はさらに声を荒らげた。

〈どこが急いだんだよ？　チンタラ発表文こさえてたんだろ？　俺たちのことなんざ、ちっとも考えてねえじゃないか。やってられねえよ、こっちは色々と気を遣ってやってんのにさ〉

「投石事件」のことを言っている。

数秒の沈黙があった。

「わかった。今後は気をつける。機嫌を直してくれ」

〈まあ、次長がそう言うんなら……〉

的場は広報文を棒読みして電話を切った。

続けて別の記者の通信部に掛ける。後は揉《も》める心配がない。仁木に連絡を任せた三社を除けば、みな定年後に市内に家を建てて永住を決め込んだ嘱託の記者ばかりだ。いまさら他社との特ダネ競争でもないし、夜間の写真を撮影して紙面に載れば、「ストロボ電池代」と称して一枚につき数百円の手当てが社から支給されるので、連絡の遅れは却《かえ》って喜ばれたりもする。彼らは記者というより、留守居役に近い。自分と同じ社の若い記者よりも先に情報を持ってさえいればメンツが保てる。本社や支局が三ツ鐘絡《がら》みのネタを伝えてきた時に「無論、知ってます」と言えればいいわけだ。

電話をすべて掛け終わると、七時五十分だった。

的場は仁木に声を掛けた。

「そっちはどうだ？」

「あと一社です」

「じゃあ、それが終わったら本部にファックスを入れて、後は当直に引き継いでおいてくれ」

雑な仕事をした……。

立ち上がった時、そんな思いが胸を掠《かす》めたが、だからといって、もはや的場の頭のどこにも「ホンダ」の名前や顔は存在してはいなかった。

官舎は署の敷地のすぐ隣だ。歩いて三十秒と掛からない。

署長官舎と次長官舎は、ともに同じ造りの平屋の一戸建てで、双子のように目に映る。その背後に、アパート型の家族官舎と独身寮が向かい合って建っている。ここまで「職住一体」が徹底されている署は県下でも類を見ない。通勤の苦労はないし、いざという時の非常招集もたやすいが、しかし息苦しさもまた格別だ。

慶太がいじめられるようになった原因は、この特殊な空間にあったと思う。

朝夕の出退勤時間帯。非番や公休の日。署長を除けば、次長職にある的場は常に署員やその女房から頭を下げられる存在だ。五十を超え、普通なら子供も大きい。実際、前の女房との間の息子は来春大学を卒業する。

一年半前、的場がここに赴任した時、慶太は五年生だった。丁度、署の課長や係長クラスの子供たちと歳《とし》が重なった。自分の父親が同級生の父親にぺこぺこ頭を下げる。部下の子供たちは、そんな光景を否応《いやおう》なく目撃してしまうことになったのだ。

「ジジイの子」。最初、慶太はそんな罵声《ばせい》を浴びせられていたという。やがて教科書やノートに悪戯《いたずら》書きをされ、さらには靴や筆記用具を隠されるようになった。放っておけず、何度か親も交えて仲直りの話し合いを持った。署員の中には手をついて謝る者もいた。後味は悪かったが、思い切った策をとった甲斐《かい》あって、慶太に対するいじめはなくなった。的場はそう信じていた。だが……。

二月前に「投石事件」が起こった。支配と被支配の関係は、親たちの目の届かぬところで一年以上も継続していたのだ。

的場は頭を切り替え、玄関の呼び鈴を押した。

曇りガラスに二つの人影が映った。そう思った途端、引き戸が勢いよく開き、パン、パンとクラッカーが鳴らされた。

「あなた、お誕生日おめでとう！」

「お父さん、おめでとう」

すぐには声が出なかった。

「ば、馬鹿……。銃声と間違われたらどうする」

半ば本気で言って逃げ込むように官舎に入った。

居間のテーブルには御馳走《ごちそう》が並んでいた。真ん中に、イチゴをふんだんにあしらったデコレーションケーキが鎮座している。気恥ずかしいばかりだ。

「お前、慶太の誕生日と勘違いしてるんじゃないのか」

呆《あき》れ顔を向けたが、千里は意に介さない。

「何言ってるの。年に一回のことでしょう、思いっきり楽しまなくちゃ。ねえ、慶太」

「そうそう」

慶太までが大人びた口調で煽《あお》る。

結局、ケーキの前に座らされ、バースデーソングを両耳で聴きながら、ロウソクまで吹き消す羽目になった。

千里が嬉々《きき》として言う。

「それとね、今日は他にもうんといいことがあったの。彩子《あやこ》先生、ほら、慶太の担任の先生。私、校内見学の報告をしようと思って学校に寄ったのよ。それでわかったの。昨日、案内してくれた安田って先生、青桐学園の理事長の息子さんなんだってえ」

「本当か……？」

「そうなのよ！　驚いたでしょ、あなた。ラッキーよねえ。そんな人に案内してもらって、その上、待ってます、みたいなこと言われたんだもの」

「おい、早とちりするな。そんなこと言ってなかったぞ」

「近いようなこと言ったわよ。それにさ、偉いなあと思って。理事長の息子さんなのよ。普通だったら、副理事長とかに納まっちゃうでしょ。でもね、彩子先生の話だと、教えるのがすごく好きなんだって。ああ、やっぱりいい学校だなあ、青桐学園って」

それだけ喋《しゃべ》っていながら、千里は唐揚げやカニサラダを次々と口に運んでいた。慶太もそうだ。うまいうまいと言いつつ、シュウマイや春巻きを頬張っている。腹ぺこだったのだ。八時までお預けをくわされていたから。

ふっと視界が遠くなった。

こんな団欒《だんらん》を持てることをどうしたら想像できたろう。

二十七歳で最初の結婚をした。本部の交通企画課に勤務していた頃だった。当時の交通部長に呼ばれ、隣の交通規制課の婦警がお前を気に入っているらしい、お前はどうなんだと聞かれた。無論、和海《かずみ》のことは知っていた。的場より二つ下。美形の部類に入る、清楚《せいそ》で物静かな婦警だった。自分が好かれていると聞かされて多分に舞い上がりもした。二月も経《た》たないうちに二人揃《そろ》って部長宅を訪ね、仲人《なこうど》をしてくれるよう頼み込んだ。

結婚しても和海の奥ゆかしさは変わるところがなかった。いい縁を得たと思った。心は常に満たされていた。二年目に良樹《よしき》が生まれた。的場は警部補試験にパスし、まさに順風満帆といったところだった。だが——。

帆は切り裂かれた。マストも折れた。船そのものが海の藻屑《もくず》と化した。

たったひと言の耳打ちで。

和海ちゃんは交通部長のお古《ふる》だぞ。

そう告げた同期の男は警部補試験を落ち続けていた。酩酊《めいてい》していた。口にしたのは、急逝《きゆうせい》した部長の通夜《つや》の席だった。そこに和海もいた。あの時の顔は生涯忘れることができない。惨殺《ざんさつ》される寸前、人はああいう顔をするのかもしれないと思う。

的場は底のない海に沈み落ちた。払い下げ。交通部長のしたことはそうだった。若い果実を搾《しぼ》り、啜《すす》り、吸いつくし、頃合いを見計らって歳相応の若い男にあてがった。踊った自分が惨《みじ》めだった。滑稽《こっけい》だった。どうか仲人をお引き受け下さい。顔を紅潮させて両手をついた自分がいた。微笑《ほほえ》ましいといったふうにこちらを見つめる部長の瞳《ひとみ》があった。ではあの時、和海はいったいどんな顔をしていたのか。

悪いのはすべて部長だ。和海に罪はない。そう自分を言いくるめようともがきもした。和海がいい妻だったことは疑いようがなかった。婦警の職を辞し、的場を誠心誠意支えてくれた。家のことも良樹のことも精一杯やっていた。なにより、警察官の妻としての慎《つつ》ましさと芯《しん》の強さが、家の隅々に深い安心感をもたらしてくれていた。

だが、的場は自分の本心を騙《だま》せなかった。寝室を違え、和海を遠ざけた。問い詰めはしなかったが、二度と優しい言葉を掛けることもなかった。狭量。幾度となく自分を責めた。だが、その何十倍も何百倍も心の中で和海を責め続けた。

一月後、的場は離婚を切り出した。汚《けが》らわしい。頭の芯にこびりついたその禍々《まがまが》しい言葉を消し去る術《すべ》はとうとう見出《みいだ》せなかった。すみませんでした。和海はそれだけをやっと言った。的場は良樹を引き取るつもりでいたが、三歳になったばかりの幼子は母親の脚にしがみついて離れなかった。

あの時、的場はすべてをなくした気がした。

だから……。

的場は千里と慶太の笑顔をぼんやりと見つめた。

だから、人にもし聞かれたら、人生はやり直しがきくものだと答えるだろう。

和海と別れた後、的場は何年もの間、組織の外れを歩いた。「五人衆」と呼ばれた同期の中で最初に警部補に昇進しながら、瞬《また》く間に全員に追い越された。離婚が瑕疵《かし》となって上の不評を買ったわけではなかった。的場は昇進に興味を失っていた。家族のために。それなくして仕事をする虚《むな》しさに打ちのめされていた。仕事らしい仕事をせぬまま月日が過ぎて行った。欲も展望もなく、ただ食べるためだけに警察官を続けていけることを、あの時期、的場は知った。

離婚から七年目に千里とめぐり会った。ぐれた警察官と、その手の警察官からネタを引き出したい事件記者がたむろする場末のスナックだった。

農家の一人娘。寝たきりになった母親と契約栽培のドクダミの面倒をみているうち婚期を逃した。千里が初対面で言った台詞《せりふ》だった。じゃあおふくろさんが死んだら俺がもらってやる。結局、その通りになった。いや、後に知ったことだが、実際には母親はその一月前に他界していた。胸にどんな思いを抱えてか、千里が生まれて初めてスナックに入ったその晩に、的場と交わした酒の上での約束が本当になった。

あれからもう十三年になる。

ことによると、千里は千里で、この団欒を不思議に感じる一瞬があるのではないか。

「慶太、そろそろ寝たほうがいいんじゃないのか」

「えっと、まだ十時だよ」

「もう十時だ」

千里が的場の口真似《まね》をして言った。

慶太が笑いながら頷《うなず》く。

的場はその顔を眩《まぶ》しそうに見つめた。

慶太も心配ない。あと半年の辛抱だ。たとえ青桐学園に入れなくとも、的場の異動はほぼ決まっている。どう転んでも、いじめグループの連中と同じ中学校へ通うことはないのだ。

パジャマ姿の慶太が寝室に消えてすぐ、玄関の呼び鈴が鳴った。

黒縁眼鏡にちょび髭《ひげ》。「チャンネル9」の秋月だった。

「遅くにスンマセン。次長、九時のジャストニュース見てもらえました？」

「あ、いや、うっかりしたな」

「嘘《うそ》。見てないの？　信じられないな、この次長さん。自分が広報したニュースも見ないわけ？」

「まあ、とにかく上がれ」

的場は珍しく記者を招じた。ニュースの内容を聞きたいこともあったが、秋月からの死角で千里が居間を盛んに指さしてもいた。食べてもらって。そう言っている。

「やっ、今日は息子さんの誕生日でしたか」

居間に足を踏み入れるなり、秋月は目を丸くした。テーブルにはまだケーキや料理が山ほど残っていた。

「そんなところだ」

ぶっきらぼうに言って、的場は座布団《ざぶとん》を勧めた。

「で、どんなニュースに仕上がったって？」

「結構、派手に打ちましたよ。色々とネタが入ったんで」

的場は真顔になった。

「身元がわかったのか」

「いや、そこまではいかなかったんだけど、ポンちゃん、この三ツ鐘に骨を埋《うず》めるんだみたいなことをホームレス仲間に話してたらしいんだ」

「仲間って、発見者の半沢とかいうホームレスか」

「いや、あの人じゃなくて、小平《こだいら》っていう割と若い人」

的場は首を傾《かし》げた。

「骨を埋める……。南公園が気に入ったってことか」

「俺もそう思ったんだけど、その小平が言うには、こっちにポンちゃんの血縁者がいるんじゃないか、って。自分も家族とバラバラになっちゃってるから、気持ちがビシバシ伝わってきたって言うわけよ」

「なるほど。あながち、ない話でもないな」

「確かに酔うとあんなだけど、ポンちゃんはしらふの時はシャイだし、なんだか一途《いちず》な感じがしたりもするんだ」

「北海道からわざわざ、ってことか」

「そういうこと。だから、ニュースじゃ、そこんとこ強調しといたよ。市内に会いたい人がいたのかもしれない。心当たりのある人は三ツ鐘署に届け出てほしい、ってね」

秋月は、こっちの言葉を待つ顔をした。

的場は慌《あわ》てて言った。

「ああ、助かる。悪かったな、そこまでしてもらって」

「いいよ、礼なんて。それよかさ」

秋月が言いかけた時、千里がお茶を持って居間に入ってきた。

「よかったら食べて下さい。残り物で悪いんですけど」

「ありがとうございます。じゃ、遠慮なく」

秋月は鳥の唐揚げを摘《つま》んで口に放り込んだ。

「なあ、それよか何だ?」

的場は焦《じ》れていた。

「うん」

秋月はシャツの袖《そで》で指の油を拭《ぬぐ》った。

「昨日のポンちゃんの足取りがかなり摑《つか》めたんだ」

「言ってみろ」

的場は少なからず緊張した。地域課長の梅津は、その後、何も報告を寄越していない。

秋月はテーブルで指を組んだ。

「まず午前中はリサイクルショップに顔を出して、掛け時計を三つ売った。全部、動いたらしいよ。そんでもって、午後は図書館でずっと涼んでた。昨日はメチャクチャ暑かったもんね」

的場は頷いた。

「火災報知器の点検日だったんで、図書館は五時丁度に追い出されて、それから、えーと、三丁目の角のスタンドバーでチューハイを二杯飲みました、と」

的場は内心舌を巻いた。日頃、ホームレスを追い掛けていただけのことはある。どれも当たり所を知っているからこそ取れたネタに違いなかった。

秋月は得意がるでもなく続けた。

「でね、そのあとは市内のパチンコ屋めぐり。やっぱり涼みに行ったんだね。だけど、ホームレスを締め出してる店は結構多いんで、長い時間はいられない。だから、何軒か回ったらしいんだけど、そこら辺、ちょっとウラがとれなかったんだ」

「大したもんだ、それだけ掴めりゃ」

「いや、まだ続きがあるんだ。時間がポンと飛んでるけどね」

「夜か?」

「そう、午後十時頃、豊光歩道橋の西詰めの石塚酒店の前で目撃されてる」

的場は衝撃を受けた。

石塚酒店。三ツ鐘署とは目と鼻の先ではないか。「ホンダ」は署に向かっていたということか。

「誰が見たんだ?」

「だから石塚酒店のおやじだよ。ポンちゃんが酒の自販機を蹴飛《けと》ばしたらしいんだ。それで二階の窓から見たら、いつものホームレスがいたってわけ」

「酔ってたんだな?」

「だろうね。けど、様子がちょっと変だったたって言ってたよ。両手で頭を押さえて地べたに座ってたって」

具体的なイメージが湧《わ》かなかった。

「どうやって？　悩んでるみたいにか」

「そうみたいね。おやじさんは腹筋する時に似てたって言ってたから、もう少し後頭部のほうに両手を回していたのかなあ」

小さな閃《ひらめ》きがあった。

「頭が痛かった。そういう可能性もあるな」

的場が言うと、秋月は手を打った。

「あるある。なるほど、そっかあ。脳溢血《のういっけつ》とかクモ膜下出血とか、その時、何か兆候があったんだな。そんでもって……」

自分の世界に入り掛けた秋月が、突然、的場を見据えた。

「次長、ポンちゃんは署には寄ってないんだよね？」

「そういう報告は受けてないな」

早口で答えてみて、的場は何やら追い詰められたような気分になった。報告を受けていないのは本当のことだが、署に来たか来ないか確認したわけではない。普通で考えるなら、石塚酒店まで足を伸ばした「ホンダ」は署に向かった可能性が高い。昨日の残暑は特別だった。夜になってもひどく蒸した。実際に来たかどうかは別として、暑がりの「ホンダ」がクーラーの冷気の残る三ツ鐘署を目指していたのは間違いのないことに思える。

そこまで思考を巡らして、的場は背筋がひやりとした。「ホンダ」は署に顔を出した。それを当直員が追い返した。そういうことか。

だとすればどうなる？　酔ったホームレスを追い返した。当たり前のことだ。警察署の対応としてなんら問題はない。泥酔《でいすい》して寝込んでしまったりしない限り、通常はそうする。だが……。

仮に、「ホンダ」が署で深刻な頭痛を訴えたのだとしたら？

当直員が真に受けず、酔い覚めの頭痛だと思って追い返した。大いにありえることだ。

その場合はどうなるか？　当直員を責めるのは酷というものだろう。予見不可能な事態と考えていい。普通の市民ならともかく、年がら年中、酔って署に来ているホームレスが、たまたまその時、頭が痛いと訴えたからといって、病院に連れて行くところまで期待されたら警察の仕事など回っていかない。

いや……。

的場は、思案顔の秋月を盗み見た。

警察の考えはそうでも、マスコミは飛びつくネタかもしれない。弱者に冷淡な警察。

ホームレスの人権を無視した対応。ニュースの切り口など、どうとでも作れるのだ。

「結局さ」

秋月が口を開いた。

「ポンちゃんは涼しい署を目指して歩いてたけど、酒屋の前で頭が痛くなって南公園に引き返した。そういうことになるよね」

安堵《あんど》の息はつけなかった。却《かえ》って的場の不安は膨らんだ。

秋月が口にした結論は、的場が「ホンダ」の来署を否定したことを前提に導き出されているからだ。万一、来署していたことが後で判明したら、署の不適切な対応を隠すために嘘をつき、秋月の取材をミスリードしたと受け止められてしまう。

テーブルのケーキと御馳走《ごちそう》の残りが目に痛かった。

八時までに帰宅したくて雑な仕事をした。署を出るとき過《よぎ》った思いが、今また的場の胸に苦々しく蘇《よみがえ》っていた。

4

朝まで待てなかった。

秋月が帰るや、的場はすぐに署に出た。次長席で当直簿に目を通す。昨夜、「ホンダ」が署に現れたかどうか、早急に確認しておきたかった。

ゆうべの当直員に直接話を聞かず、先に当直簿を調べようと思ったのには理由があった。

昨夜の泊まりは九人。当直長は、警備課長の浜名——。

その浜名の長男、武司がいじめグループのリーダー格だ。慶太と同じ六年生だが頭一つ大きい。プロレスラーを連想させる父親譲りで、腕っぷしや足腰も強く、相撲などらすと大人顔負けだ。転校してきた慶太に「ジジイの子」と綽名《あだな》をつけたのがその武司だった。「投石事件」では、嫌がる慶太に無理やり石を握らせ、ホームレスのハウスに向かって投げつけるよう命令した。

後日談もある。投石事件の後、慶太を連れて浜名の家族官舎を訪ねた時のことだ。浜名は思いもよらない行動に出た。的場と慶太の目の前で、武司の顔面を殴りつけたのだ。さしもの武司も壁まで飛ばされてワンワン泣いた。わかったな、二度とするんじゃないぞ。浜名は武司を何度も怒鳴りつけ、最後には親子揃《そろ》って沓脱《くつぬ》ぎで土下座をした。もういい、やめてくれ。的場は二人の腕を取って立ち上がらせようとしたが、浜名はびくとも動かず、そればかりか武司の頭を押さえつけて、額をコンクリートにゴリゴリ擦《こす》りつけた——。

浜名自身も決して評判のいい男ではない。親が残した遺産を元手に、警察官相手の金貸しをしているという噂《うわさ》だ。組織に知られたくない借金を申し込む職員は少なくないらしく、そうした連中の間では「浜名銀行」で通っていると聞く。一方で、B級グルメ通の顔を持ち、警察を辞めたらとんこつラーメンの屋台を引く、というのが口癖だともいう。

いずれにしても、土下座の一件以来、浜名とは話らしい話を一度もしていない。互いに敬遠と遠慮を続けているうち、二人の間の溝はさらに深まった感がある。

的場は当直簿を二度見返した。

「ホンダ」「ポンちゃん」「ホームレス」の記述は一つもなかった。「ホンダ」が石塚酒店の前にいた午後十時というのは、丁度、当直員の早寝組が仮眠に入る時間だ。昨日は九名のうち四名がそうした。残ったのは浜名以下五名。出動記録によれば、午後十一時五分からほぼ一時間、二名が重傷交通事故の処理をするため署を空けている。浜名。刑事課の黛《まゆずみ》。生活安全課の黒木。話を聞くならばこの三人だ。いずれも遅寝組で、仮眠交替の時間までずっと署内にいた。

的場は警電に手を伸ばした。既に午前零時を回り、日付が変わってしまっていた。

だが、今夜中に聞いておいたほうがいい。秋月のフットワークとホームレス取材に関するねちっこさは侮《あなど》れない。いまこうしている間にも、新たなネタを拾っている可能性がある。

まずは浜名だ。気は進まないが、序列からしてそうするほかない。

番号をプッシュする。五度目のコールで向こうの受話器が上がった。

〈はい、浜名〉

不機嫌と不審を多分に含んでいるが、寝ていた声ではなかった。

「夜分にすまないな。次長の的場だ」

絶句の間があった。

〈……何でしょう？〉

「ちょっとゆうべの当直のことで聞きたいんだ。南公園のポンちゃんとかいうホームレスが死んだのは知ってるな？」

〈ええ。夜のニュースで見ました〉

「その男だが、お前が当直をしている間に署に姿を見せなかったか」

耳に神経を集中させた。

〈いえ、来ませんでした〉

思わず長い息を吐いていた。

「そうか。それだけなんだ。悪かったな」

自分の声が弾んでいるのがわかった。

続いて刑事課の黛に掛けた。三十歳の盗犯刑事だ。答えは同じだった。気が晴れていく。的場の取り越し苦労だったのだ。

もう必要ないかと思ったが、一応、生活安全課の黒木にも連絡を入れた。二十五歳の独身寮暮らし。電話は携帯だ。すぐに出た。早口で同じ質問をぶつけた。気持ちは既に官舎の布団《ふとん》に飛んでいた。

が――。

〈……私は知りません〉

黒木の声は微《かす》かに震えていた。

「来たのか」

〈いえ……〉

「来なかった。そうなのか」

〈はい……〉

「信じていいんだな？」

〈……ええ〉

電話を切った的場は、椅子《いす》の背もたれに体を預けた。

一度は霧散した不安が、再び一所に集まってくるのを感じていた。

5

翌朝――。

的場はいつもより三十分早く署に出た。電話を入れた三人の顔、とりわけ生活安全課の黒木の表情を観察したかった。

だが、七時半を過ぎても八時を回っても、黒木は署に現れなかった。

巨漢の浜名は八時少し前に正面玄関を入ってきた。的場と目が合った。いつもは角度や高さを違えてすれ違う視線が、今朝は数秒にわたって交錯した。ポーカーフェイスだ。

刑事課の黛は登庁時間の八時十五分ぎりぎりになって署に滑り込んできた。ちらりと的場の顔を見たが、廊下で勢いをつけるような仕種《しぐさ》を見せるや、一気に階段を駆け上がっていった。

肝心の黒木は九時になっても出勤してこない。生活安全課に電話を入れてみると、持病の十二指腸潰瘍《かいよう》が急に痛みだしたので病院へ向かう旨《むね》連絡があったという。仮病ではないかと思った。携帯を鳴らしてみたが繋《つな》がらない。不信感が膨らんだ。病院にいたから電源を切っていた。黒木はそんな言い訳を考えているのではあるまいか。

次長席の前のソファには、新聞やテレビの記者が集まり始めていた。何があったというわけではなく、「朝の事件警戒」と称する記者の日常業務だ。昨夜の管内の様子を次長から聞く。記事にすべき事件事故がなければ、お茶を飲みながらの雑談会となる。今朝は高齢の嘱託記者ばかりが顔を揃えたから、あたかも老人会の集まりのようだ。話題の中心は、やはり「ホンダ」の一件だった。どこの社の新聞にも『ホームレス　孤独な死』『身元わからず』『流浪《るろう》の果て？』などといった見出しで記事が載っている。

「おたくんところの新聞、ずいぶんと大きく扱ったね」

「うん。夜遅くになって書き足したんだよ。なんでも、県庁回りの若い記者から出てきた予算モノの記事が使い物にならなかったらしくてさ。でも、青木さんのところのほうがもっと派手じゃない。写真もこんなに大きく載せてさ」

「ご案内の通り、ウチの社はこういうの好きだから。それより、チャンネル9のニュース見たかい？」

「見た見た。熱心だねえ、秋ちゃんも。あそこまで見事にやられると腹も立たないや。けどまあ、次長――」

記者の視線が一斉に的場に向いた。

「広報のほう、もう少し詳しくやってくれないと困るよ。いくらテレビだからって、あんまり差をつけられると、こっちもやっぱり気分よくないからさあ」

しっかりと釘《くぎ》を刺された。

「わかりました。以後、気をつけます」

的場が頭を下げると、記者たちは満足そうに頷《うなず》いて腰を上げた。と、その時だった。

「あの……すみません……」

警務課のカウンターの向こうに女が立っていた。三十歳前後か。やや頬の張った面立ち。白い肌。長い睫毛《まつげ》……。

的場は声を上げそうになった。瞬時に「ホンダ」の顔がオーバーラップしたからだった。警務課員たちも驚きの顔を向けていた。仁木が機転をきかせた。サッと立ち上がったかと思うと、用件も聞かずに「こちらへ」と左手の署長室に女を案内したのだ。秋月がいなかったのが幸いだった。「ホンダ」の顔を知らない記者たちは何も気づかず、「身元がわかったらすぐ電話をくれ」などと口々に言いながら署を出ていった。

最後の背中を見送ると、的場は小走りで署長室に入った。仁木が頭を下げる。女は山根署長とソファにいた。

「ああ、次長、君も座って」

「はい」

的場は地域課長の梅津をここに呼ぶよう仁木に指示した。ソファに腰を下ろすと、女が深々と頭を下げた。その髪には脂気《あぶらけ》がなく、パサパサとしていた。

「南公園の件、父親かもしれないと言っておられる」

山根が抑揚なく言った。

的場は頷き、メモ帳を取り出して女に目を向けた。

「お名前は？」

「……安達《あだち》洋子といいます」

「お父さんの名前は？」

「本間裕康《ひろやす》です」

それが本当ならば、「ホンダ」ではなく「ホンマ」だということだ。

「では、安置室で身元の確認を願います」

安達洋子は激しくかぶりを振った。

「会いたくありません。会ったってわかりませんもの。顔は覚えていませんし、写真だって一枚も持ってないんです」

的場は面食らった。

「ですが……」

「引き取れないんです。今は無理なんです」

洋子の声が一気に昂《たかぶ》った。

「父の遺体……どうなるのか、それが知りたくてここへ伺いました。テレビで見て、居ても立ってもいられなくなって。でも、私、名乗れません。そんなことしたら、安達の家を追い出されてしまいます」

的場と山根は顔を見合わせた。

コーヒーを出し、しばらく洋子が落ち着くのを待った。そうしている間に、四階から梅津が下りてきた。的場に対して一瞬ばつの悪そうな顔を見せたのは、テレビの秋月に情報を先取りされてしまったからだろう。挽回《ばんかい》の思いもあってか、梅津は的場の隣に腰を下ろすなり、神妙な顔で耳打ちしてきた。

「時間的にはホンダが酒屋の前で目撃された後のことですが、南公園のハウスの近くで夜中に車が止まったそうです」

「車……？　公園の中は入れんだろう？」

的場もひそひそ声で返した。

「進入禁止のポールを引き抜けば近くまで進めます。鍵《かぎ》は掛かっていません。誰でもやれます」

「何時頃の話だ」

「午前零時前後です。数分して車は走り去ったそうです」

「ホームレスが見たのか」

「いえ。見てはいません。ハウスの中で音を聞いただけです」

「どんな音だと言ってた？」

「普通の車の音。そう供述してます。それと、ドアが閉まる音を三回聞いたそうです」

三回……？

視線を宙に向けた時、こちらを見ていた山根と目が合った。そろそろ安達洋子に話を聞けと言っている。

的場は頭を切り換えた。

「では、身元確認はちょっと置いておくとして、お父さんのお話を聞かせて下さい」

「はい……」

洋子は静かな口調で話し始めた。

「父……本間裕康は苫小牧《とまこまい》の出身で、高校を出た後、旋盤工として働いていたようです」

梅津が的場を見た。「本間なんだ」と的場は小声で伝えた。

「母とは市内で知り合って結婚して、すぐに私が生まれたそうです。けれど、私は父の顔を覚えていません。物心つかないうちに離婚してしまったんです。父の酒癖とか、暴力とか、そういうのが原因だったようです」

母親は洋子が二十歳《はたち》の時にガンで死んだ。一人残された洋子は病院事務の職に就き、そこで知り合った医療機器販売のセールスマンと結婚。四年前、夫が郷里の三ツ鐘市にUターン就職したのに伴ってこちらに移り住んだのだという。

「そこまではわかりました。で、なぜお父さんの遺体を引き取れないんですか」

洋子は暗い目を伏せた。

「姑《しゅうとめ》に言えません……。父親がホームレスだったなんて。すごく世間体を気にする人なんです。そんなこと話したら、私、あの家にいられなくなります。夫の妹も同居していて、その人もとてもきつい性格なんです。だから……波風立てたくないんです」

「本間さんのお墓は苫小牧にあるんでしょう？」

洋子はキッと睨《にら》むように的場を見た。

「一日だって家を空けたりできません。姑と小姑に監視されているようなものなんです。子供も三人います。今はもう苫小牧は外国より遠い気がします。それに……」

洋子は言葉を止めた。

「……何です？」

「本当は父親だなんて思っていません。好き勝手に生きた人です。勝手に結婚して、子供がいるのに勝手に離婚して、そんな人、父親だなんて思えるはずないでしょう」

的場は胸に痛みを感じた。良樹が十七歳になった時、それに近いことを言われた。自分勝手に父親になったり他人になったりするんじゃねえよ――。

「ただ……引き取る人間がいないと遺体がどうされるのか、それが気になって……。教えて下さい。遺体はどうなってしまうんです？」

「焼き場で焼かれ、お骨は無縁仏として、市の斎場の納骨堂に納められます」

洋子の顔が微かに明らんだ。

「じゃあ、野晒《のざら》しにされるとか、そういうことはないんですね？」

「ええ」

納骨堂とは名ばかりの粗末な小屋だ。骨壺《こつつぼ》に赤いフェルトペンで三桁《けた》の数字を書き込まれる。それが「名前」だ。いや、「戒名」と言うべきか。

「しかしですな」

山根が身を乗り出した。

「親子かもしれないのに、このまま知らぬ存ぜぬで通すというのもねえ」

無神経な言い方だと思った。実際、洋子の顔は引きつった。

「姑が……姑が死んだら必ず引き取ります。姑が死んで、夫の妹が嫁げば……そうすれば……」

話すうち、洋子の目に涙が浮かんだ。悔し涙。そんなふうに見えた。

的場は静かに言った。

「お父さんとお会いになりませんか」

洋子は、幼子がいやいやをするように首を振った。

山根は憮然《ぶぜん》としている。マスコミ対策を考えている顔だ。

新聞もテレビもこぞってホームレスの死を報じた。身元が判明すれば、当然、記者発表する。だが、洋子が身元確認を拒んでいるうちは、記者会見の段取りすらつけられない。

私に任せてください。山根にそう目配せをして、的場は立ち上がった。

「玄関までお送りします」

洋子も緩慢な動作で腰を上げた。

二人で署長室を出た。

「ゆうべのジャストニュースを見たんですね？」

「ええ……」

「一目あなたに会いたい。お父さんの気持ちはそうだったんでしょう」

「………」

「間もなく大学病院に運ばれるんです」

「えっ……？」

洋子の瞬《まばた》きが止まった。

「まだ裏の遺体安置室にいます。今なら会えます」

返事はなかった。

これ以上、洋子を追い詰めるのは酷だと思った。死者の本名も本籍もわかった。

少々遠回りになるが、北海道警の協力を仰げば身元確認のできる人物を探すのはさほど難しくないだろう。いずれにせよ、遥々《はるばる》、苫小牧から娘の面影を追って流浪した本間の思いは届かなかったということだ。

当然の報いだ。的場は自分に重ね合わせてそう思った。

「お気をつけて」

的場は正面玄関で腰を折った。

「ご親切に……ありがとうございました……」

洋子は深々と頭を下げ、だが、歩きだそうとしなかった。色をなくした唇が震えている。波立つ内面が察せられた。

言葉を待った。

洋子の濡《ぬ》れた瞳が的場の目を見つめた。

「あの……父は……」

一瞬、自分が許されたような気がして、的場は足元に目を落とした。

「こちらです」

庁舎裏手の駐車場に回った。コンクリートブロック造りの小さな安置室。鑑識の人間に鍵を開けさせ、震える洋子の体を支えるようにして室内に入った。常に換気扇を回しているが、中はひどく蒸し暑かった。

灯《つ》を点ける。

遺体は、ブルーのビニールシートにすっぽり覆《おお》われていた。的場は一礼して歩み寄り、顔の部分のシートを捲《めく》った。

おそらくは、その長い睫毛に打たれた。洋子は、ああ、と声を発し、膝《ひざ》から床に崩れた。這《は》い上がるようにして近づき、遺体の首筋を食い入るように見つめた。母親から知らされたホクロかアザがあるのかもしれなかった。ほどなく洋子は本間の体に取りすがった。お父さん、お父さん。子供のような声で呼び続けた。

的場はその場に立ち尽くしていた。

狭苦しい室内が、現場を見たわけではないのに、本間の「ハウス」の中のように思えた。蒸し暑さ。仰向けの体。胸まで掛かったビニールシート。実際、本間はこの姿に近い状態で発見されたのではなかろうか。

頭がグラッと揺れた。

これと同じ姿で……？

洋子と同化しかけていた心がスッと離れ、それは瞬時に戦慄《せんりつ》へと変化した。

6

夕刻、的場は署の階段を上がった。

三階。廊下の突き当たりの「警備課」――。

一つ息を吐き、茶褐色のドアを押し開いた。課員の顔が一斉に上がった。次長が警備課に何の用だ。大半の目はそう言っている。

課長のデスクはひどく小さく見えた。それほどまでに、浜名の巨体は人も物も圧倒している。

「ちょっといいか」

一声掛けて、的場は課長席の背後の「資料室」に視線を投げた。実際には密談用の部屋として使われている。

浜名は無言で頷《うなず》き、立ち上がった。的場は思わず仰ぎ見た。

二人で小部屋に入り、内鍵を掛けた。スチール椅子《いす》に向かい合って座ると、浜名のほうが先に口を開いた。

「ゆうべの電話の続きですか」

「そうだ」

「私に何を喋《しゃべ》らせたいんです？」

「真実だ」

「それなら昨日お話ししました」

「惚《とぼ》けるな」

そのひと言で空気が張り詰めた。

「当直の夜、本間裕康が来たな？」

「本間……？」

「あのホームレスはそういう名だった」

浜名の瞳に不安の色が覗《のぞ》いた。的場がどれほどの情報を摑《つか》んでいるのか、量りかねている顔だ。

「自分から話す気はないんだな？」

「何を話していいかわかりません」

「だったら俺の話を聞け。終わったらお前の釈明を聞く」

「……わかりました」

的場の視界は肉塊で覆われていた。比して小さい両眼を見据える。

「本間裕康は午後十時過ぎに署に現れた。いや、二人が事故処理で出て、署内にお前と黛と黒木の三人だけだった十一時過ぎだ。本間は例によって酔っ払っていて、例のごとく交通課の前のベンチに寝かされた。だが、異変が起きた。本間が頭痛を訴えた。さっき、大手医大の解剖結果が出た。本間の死因はクモ膜下出血だった」

「………」

「お前らは本間を放っておいた。酔っ払いの戯言《ざれごと》だと耳を貸さなかった。ずいぶんと本間は声を上げたんじゃないのか。クモ膜下の痛みは尋常じゃないらしいからな」

「………」

「そのうち本間が静かになった」

「………」

「死んだんだ。署内のベンチで」

浜名はゆっくりと瞬きをした。

「お前は、黛と黒木に命じて本間の死体を南公園のハウスに置きに行かせた。目立たない刑事課の４ドアセダンを使った。後部座席に死体を寝かせ、車を走らせた。南公園入口の進入禁止ポールを引き抜き、ハウスの近くまで乗りつけた。死体をハウスに運び込み、マットの上に仰向けに寝かせた。さぞや蒸し暑かったろうよ。残暑がぶり返した日だったからな。暑がりの本間は涼みたくて署に来たのに、あの狭苦しいハウスの中に連れ戻されて、ご親切に毛布を胸まで掛けられたんだ」

長い沈黙があった。

浜名が吐き出す息とともに言った。

「どっちが喋ったんです？」

巨体が、ふっと萎《しぼ》んだような錯覚にとらわれた。

的場は浜名の目を見て言った。

「どっちも喋っていない」

「刑事課の4ドアセダンを使ったと言い切った。つまり鑑識に車内を調べさせたってことですね？」

「単なる推測だ。ドアの閉まる音が三回聞かれてる。計算が合うだろう」

「じゃあ、我々がやったという証拠はないんですね？」

「ない。だが、こんなこと、警察官以外に誰がやる？　ホームレスが死んで困る人間なんて一般人の中には一人もいやしない。死のうが、死なそうが、殺そうが、その場に放っていくだけだ。発見したって誰も抱き起こさない。汚いからな。無視を決め込んで通り過ぎるか、一一〇番するかのどっちかだ。お前らはただ保身のためにやったんだろうが、わざわざホームレスを住処《すみか》まで運んで、寝かせて、きちんと胸まで毛布を掛けてやってる辺りが、まさしく警察官ならではの面倒見の良さなんだよ」

浜名は頷き、そのまま頭《こうべ》を垂れた。

「確かに……本間に死なれて困り果てました。頭が痛いとは言っていましたが、さほど騒がなかったので、大したことはないと思っていたんです。それが突然、脈も息も止まってしまって……仰天しました。正直、腹も立ちました。いつもいつもいい調子で酔っ払っていましたからね。こっちが仕事をやってるところへ涼みにきて、酒臭い息で言いたいことを言いまくって、そのうえ、最後のツケまでこっちに回すのか、と」

「忘れろ」

「えっ……？」

「あったことは全部忘れるんだ」

浜名は目を見開いた。

的場は声を殺した。

「お前らだけじゃないんだ。こんなことが公《おおやけ》になったら俺も終わりだ。いまさら本部やマスコミに本間が署に来てたなんて言えやしない。ましてや、死体をハウスに運んで責任逃れをしたなんて話は論外だ。漏れたら、日本中のマスコミに袋叩《だた》きにされるぞ。左遷《させん》や降格じゃ済まん。間違いなく俺たちは懲戒免職《クビ》だ。わかったな。この件は他言無用だ。秘密は墓場まで持っていけ」

的場は吐き気を覚えていた。

心を滅ぼしかねない強力な毒が、猛烈な速度で全身を駆け巡っていた。

浜名の両眼には陽性の光があった。安堵《あんど》とは別物の、それは喜色の表れに見えた。

7

「どうしたの？　そんな怖い顔して」

官舎に戻るなり、千里に見抜かれた。

「色々あってな……」

的場は夕食にも手をつけず、寝室で布団《ふとん》に転がった。

誰のせいでもない。本間裕康の、あれが寿命だったのだ。脳底部の動脈瘤《りゅう》が破裂した。稀《まれ》にみる大出血だった。執刀した医大の教授はそう所見を述べたという。すぐに病院に運んでも手遅れだったのだ。本間は好き放題生きて、最後にほんの少し痛い思いをして死んだ。娘の涙に送られて死出の旅にでた。本望だろう。的場は寝返りを打った。

バレたら終わりだ。何もかもを失う。

疑いを持たれるだけでもまずい。来春の警視昇任と本部への転勤は見送られるだろう。三ツ鐘署に残留。そういう可能性だってある。

慶太の受験はどうなる？

同じ学力ならば学校に近い家の子供を取る。それが本当なら慶太は圧倒的に不利だ。ここ三ツ鐘は大手市からあまりに遠すぎる。

それぱかりではない。青桐学園に落ちたら、慶太は三ツ鐘の公立中学に上がることになる。いじめグループとまた一緒だ。親は言うことをきかせられても、子供は簡単にはいかない。浜名の倅《せがれ》の武司はとりわけ質《たち》が悪い。中学生になったらさらに凶暴になり、本物のワルの仲間入りをするかもしれない。慶太は大丈夫か。果して自分の身を守れるか。

襖《ふすま》の開く音がした。

「あなた、じゃあこれ食べて。さっぱりすると思うから」

千里が鼻の先に差し出したのは匂《にお》いの強いメロンだった。一日で廉価《れんか》な種類でないことはわかった。

「どうしたんだこれ?」

「マスクメロンよ。すごいでしょう」

「買ったのか」

「ううん、もらったの」

「誰から?」

「浅野さん」

「誰だ?」

「ほら、慶太の同級生のお母さんよ」

言いながら、千里は先割れスプーンでメロンをすくい、的場の口元に近づけた。

そのスプーンを手で弾《はじ》き飛ばした。

「返してこい！　何べん言ったらわかるんだ！　人から物をもらうなと言っただろう。今から行って返してこい」

「あ、でも、もう慶太も私も食べちゃったから。ラベル見たら、今日が食べごろだって書いてあったから」

的場は上半身を起こした。

「よく聞け。俺は公務員だ、警察官なんだ。世の中にはなあ、いざって時に、手心をくわえてもらおうって考えてる腹黒い連中が大勢いるんだ」

「ううん。浅野さんはそういう人じゃないから」

「なぜお前にそんなことがわかる？　知らないうちに利用されてたらどうするんだ」

「でも、好意でくれるって言うのに、私、断れない」

「だったら、警察官の女房なんてやめちまえ！」

千里は見開いた目で的場を見つめ、それを畳の一点に落とした。やがて気を取り直したようにおしぼりに手を伸ばし、辺りに飛び散ったメロンの汁を拭《ふ》き始めた。

細い声がした。

「ねえ、やっぱり私、警察官の奥さんに向かないかなあ？」

的場はビクッとした。

脳裏で、千里と和海の顔が交錯した。

慌《あわ》てて言った。

「そんなことはないだろ。物をもらわなけりゃ、それでいいんだ」

「……わかりました。これから気をつけます」

「俺も言い過ぎた。すまん」

途端に、緩慢だった千里の動きが普段通りに戻った。盆の上にメロンの皿とおしぼりをのせ、おみそ汁持ってきてみるね、と言って立ち上がった。

その背中に声を掛けた。

「なあ、千里」

「はい？」

「来年もここに残ることになったらどうする？」

千里は小首を傾《かし》げた。

「だって、異動、決まってるんでしょ？」

「もしも、の話だ」

「そうしたら仕方ないもの。ここに住むのよね」

「慶太はどうなる？　遠いと入りづらいんだろ？」

「それでも慶太は受かると思う。安田先生にも気に入られたみたいだし」

根拠のない自信はますます強固になりつつあるようだ。

的場は低い声で言った。

「落ちたら？」

「やだ」

千里は破顔した。

「いまから縁起でもないこと言わないでよ。きっと受かります。それでもって、私が遠距離運転しますから」

「落ちたらこっちの公立だぞ」

「その時はその時で」

「また、いじめられるかもしれん」

「あなた――」

千里は呆《あき》れ顔になっていた。

「子供はね、大人とは違うみたい」

「何が?」

「日々、成長してるのよ。ここに来てからの一年半で、慶太、すごく変わったと思うもの。強くなったっていうか、逞《たくま》しくなったというか、立ち回りもうまくなったし、とにかく、全体としてすごく大人っぽくなった」

「そうなのか……」

的場には実感がなかった。

「だが、青桐学園はダメで、三ツ鐘からも抜け出せないとなったら、やっぱりめげるだろう?」

「そんなに心配したもんじゃないと思う。きっと平気よ」

言い終わらないうちに、千里は耳を澄ます仕種《しぐさ》をした。

「あなた、電話よ。警電のほう」

的場の耳にも届いていた。部屋を飛び出すと、廊下の突き当たりのトイレに向かう慶太の背中が見えた。妙な足取りだった。

立ち聞きしていた……?

的場は小走りで居間に入り、警電の受話器を取り上げた。

「はい、次長官舎」

〈本部の新見《にいみ》だ〉

的場は息を呑《の》んだ。

新見信一。県警本部の広報課長だ。

「何でしょう?」

〈例のホームレスの件で一点聞かせてくれ〉

鼓動が一気に速まった。

〈あのホームレスは三ツ鐘署の庁舎内で死んだのか〉

「違います。ファックスで送った通り、ホームレスのハウスの中です」

尖《とが》った口調で答えていた。

〈間違いないな？〉

「間違いありません。誰がそんなことを言ったんです？」

〈タレだ〉

密告――。

「まったくのでたらめです。信用しないで下さい」

数秒の間があった。

〈わかった……。俺もそう思って監察には連絡していない〉

「ありがとうございます」

〈お前は俺の後釜《あとがま》候補だ。期待している〉

通話が切れた後も、的場はしばらく受話器を握り締めていた。

誰だ……？

いったい誰がタレ込みやがった――。

8

官舎を飛び出し、署に向かった。

的場の頭には、夕刻浜名が口にした台詞《せりふ》があった。

どっちが喋《しゃべ》ったんです？

つまり、浜名の他にこの秘密を知っているのは、刑事課の黛と生活安全課の黒木の二人しかいないということだ。

主犯格である浜名が密告するはずがない。

黛か。それとも黒木か。

的場は署の正面玄関を入り、次長席にどっかり座り込んだ。鍵《かぎ》で引き出しを開け、署員の電話控を取り出す。

広報課にタレ込んだのは黒木だ。的場は、もうほとんどそう決めつけていた。黛のふてぶてしい面構《つらがま》えは今朝見た。一方、怯《おび》えた子鹿《こじか》のような目をした黒木は、署に出てくることすらできず、病院に逃げ込んでしまった。

昨夜、的場が掛けた電話がきいたのだ。いや、それが密告の引き金になったのかもしれない。良心の呵責《かしやく》か。浜名に命じられて死体の運び役をやったが、今になって恐ろしくなったか。

いずれにせよ、黒木の神経は擦り切れ掛かっている。新見広報課長のもとに届いたのは匿名《とくめい》のタレ込みだった。自らの名前を明かして真実を訴えたわけではない。今ならまだ間に合う。固く口止めするのだ。

的場は黒木の携帯を鳴らした。

電源が入っていない。朝方と同じ状態だ。

舌打ちして的場は腰を上げた。独身寮の黒木の部屋番号を暗唱しながらフロアを歩きだした。と、当直員のシマに座っている黛の姿が目に飛び込んできた。

どのみち黛にも口止めをせねばならない。的場は「ちょっといいか」と声を掛け、人けのない交通課のソファに誘った。

「浜名が全部喋った」

のっけにそう言うと、黛の顔から血の気が失せた。

「……すみませんでした。浜名課長に命じられて……」

「言い訳はいい。この件が表沙汰《おもてざた》になったらとんでもないスキャンダルになる。わかるな?」

「わかります」

日頃のふてぶてしさはすっかり影を潜めていた。去年、結婚したばかりだ。不況の風が吹きすさぶこの時代に、公務員の職を失いたくはないだろう。

的場は念押しした。

「金輪際、口にしないことだ。見たこと、やったこと、すべて忘れろ」

「はいッ」

密告したのはこの男ではない。的場は確信した。

「車で死体を運んだのはお前と黒木だな？」

「そうです」

「車内での黒木の様子はどうだった？」

「ずっと震えていました。やつはひどく気が弱いですから」

「何か喋ったか」

「ずっと無言でした。あ、いや、何度か腹が痛いと」

的場は得心して頷《うなず》いた。

「十二指腸だな？」

「ええ。それで今日病院に行って、そのまま入院してしまいました」

「入院……？　本当か」

「ええ。そう聞きました」

「どこの病院だ？」

「三ツ鐘中央です」

的場は腕時計を見た。八時二十分。とうに面会時間は過ぎているだろうが、消灯にはまだ早い。これから急いで向かえばぎりぎり会える時間だと思った。

署を出て、官舎の駐車場に急いだ。通勤のない三ツ鐘署に赴任が決まってすぐブルーバードを売り払った。女房の白い軽に乗り込み、県道に走り出た。

中央病院までは十分だ。

気が急《せ》いた。今頃、黒木は病室を抜け出し、公衆電話から本部の誰かに懺悔《ざんげ》しているかもしれなかった。

病院の真ん前に車を止め、内科病棟に走った。受付は終わっていたが、ナースセンターに下がっていた患者札で、黒木の病室が知れた。

意外なことに、３０２号室は個室だった。ここなら、こっそり携帯が使える。そんな思いが脳裏を掠《かす》めた。

軽くノックして入室した。黒木はこちらに背中を向け、ベッドに横たわっていた。

点滴の管が腕に繋《つな》がっている。

「黒木――」

的場に向いた顔が歪《ゆが》んだ。

「次長……」

「大変だったな」

おざなりに言って、的場はベッドサイドの丸椅子《いす》に腰を下ろした。

「で、具合はどうなんだ？」

「ええ……。午前中に手術をしてもらって……今はだいぶ楽です……」

耳を疑った。

「手術したのか」

「はい……」

道理で的場の突然の入室にも、顔を少し歪ませただけで怯えの色はなかった。目が虚《うつ》ろだ。反応が鈍い。体に麻酔が残っているからか。ベッドの下には、小水の溜《た》まったビニール袋が下がっている。尿管に繋がっているということだ。

仮病などではなかった。本間裕康の死体を運んだことが、よほどのストレスになったのだろう。もともと弱かった十二指腸の内壁に一夜にして穴が空いた。

「携帯はどうした？」

「あ……寮に……」

密告は黒木の仕業ではない。そう断じるほかなかった。

「例のことは心配しなくていい。すっかり忘れて養生しろ」

そう言い残して的場は病室を出た。ありがとうございます。涙を浮かべた黒木の顔が瞼《まぶた》に残った。

頭は混乱していた。

黒木も消えた。もはや秘密を知る人間は存在しない。浜名。黛。黒木。その三人でないとすれば、いったい誰なのか。

当夜の当直員か。早寝組で仮眠していたが、トイレか何かで起き出して、その時、ベンチで寝ている本間を目撃したということか。

だが……。

新見広報課長の口ぶりから察するに、密告内容は「署内でホームレスが死んだ」だったに違いない。ベンチで寝ころがっていた本間を目にしただけでは、眠っているのか死んでいるのか判別できない。それとも、本間が死んでしまった後、浜名たちが慌《あわ》てふためいている様子でも見たのだろうか。

密告の動機は？　浜名辺りに対する恨みということか。「浜名銀行」。だが高利貸しをしているという話は聞いていない。

的場は、来たときの半分ほどのゆっくりとした足で病院を出た。

他の当直員を当たるのは危険だ。藪蛇《やぶへび》になりかねない。そう思った。

それにもし、たまたま起き出してホームレスが死んだことを知ったのなら、仮眠室に戻らず、浜名たちをサポートするのが普通だ。物陰から様子を窺《うかが》っている警察官の図というのはどうにも頭に描きづらい。ましてや、浜名が死体の運びだしを指示しているところを目撃し、それを咎《とが》めもせず、三人の仕業を見逃したのだとすれば、その人間も同罪に近い。監察が入れば、当然のごとく調査対象とされ、やがては炙《あぶ》りだされる。そんなリスクを冒してまで密告などするだろうか。

的場は背中を丸めて軽の狭い車内に体を滑り込ませた。エンジンを掛けると、ラジオが九時のニュースを流していた。

「チャンネル9」の秋月の顔が目に浮かんだ。

浜名ら三人、いや、的場も含めた四人のほかに、この秘密に辿《たど》り着く可能性のある人間は秋月ぐらいしか思い当たらなかった。無論、彼は密告者にはなりえない。ホームレスの死の隠蔽《いんぺい》。死体運搬。偽装工作。これほどいいネタを摑《つか》んでおきながら、ニユースにせずに密告などしている間抜けな記者がこの世に存在するはずがない。

だが……。

いずれにせよ、署にもホームレスにも精通している秋月は「要マーク」の対象だ。今後の展開によっては、密告者が彼に接触してくることだってありうる。

刑事をマークする記者の気持ちとはこういうものだろうかと思いつつ、的場は車を発進させた。

9

翌日は昼までで仕事を終えた。

前々から取ってあった半日休だった。歯医者で集中的な治療を受けるつもりでいたがキャンセルした。

秋月はつかまらなかった。携帯を何度鳴らしても通じない。記者が電源を切っていることは考えにくいから、電波の届かない場所にいる可能性が高かった。

昼食は署でとり、的場は歩いて南公園に向かった。あの一帯は電波状態が悪いと署員が口にするのを耳にしたことがあったからだった。秋月はホームレスのハウスで泊まり込みの取材をしている。そんな気がしてならなくなり、行ってみようと思い立った。

ゆうべは寝つけなかった。

密告者は誰か。相当長い時間、地域課長の梅津を疑っていた。車がハウスの近くに止まったという決定的な情報を的場に耳打ちしたのが、その梅津だったからだ。そこから推理の線を伸ばせば、的場と同じく、警察官が車で本間裕康を運んできたという結論に達するはずだと思った。だが、幾ら考えても密告の動機が浮かばなかった。浜名らに対する個人的な恨み。そんなものがあるのならば話は別だが。

密告がなされたもう一つの可能性も考えた。外部――質《たち》の悪い輩《やから》の悪戯《いたずら》である。ジャストニュースが詳しく流したから、本間が死ぬ少し前まで三ツ鐘署の近くにいたことを多くの人が知った。その日に限らず、過去に署内や署の前の道路で、本間と警察官が揉《も》み合っている光景を目にした市民も少なくなかったはずだ。三ツ鐘署とホームレス。この二つの材料を悪意の接着剤で貼《は》り合わせることが、さほど無理のある想像とも思えなくなっていた。

南公園は人影も疎《まば》らだった。

芝の広場を突っ切ると、正面の松林にハウスの一群が見えてくる。足を止め、遠目で秋月の姿を探した。右手のハウスから小柄な男が出てきた。真っ直《ます》ぐ的場に向かって歩いてくる。いや、目指すところは的場の後ろにある水飲み場だ、両手にペットボトルを下げている。

話しかけてみる気になった。

「あの、ちょっとすみません」

「はい、何でしょう」

顔は不精髭《ひげ》で覆《おお》われているが、応対はビジネスマンそのものといった感じで驚いた。

「実は、テレビ局の秋月さんという人を探しているんですが」

言い終わらないうちに、ああ、よく知ってますよ、の顔になった。

「秋月さんなら昨日、韓国に飛びましたよ」

的場は面食らった。

「なんでも、三ツ鐘の市議団が向こうでサッカーの試合をするんだとかで、同行取材に行ったんですよ」

的場は拍子抜けした。急に決まったことなのだろう、そんな話は聞いていなかった。

ペットボトルに水を溜《た》めた男は、戻りしな、控えめに声を掛けてきた。

「あなた、警察の人ですか」

ました」

「ええ、なんとなく。そうそう、ポンちゃん、三ツ鐘署の人にはすごく感謝してましたよ。いつもよくしてもらってる。署にいる時が一番楽しいって、嬉《うれ》しそうに言っていました」

「わかりますか」

的場は複雑な思いで踵《きびす》を返した。

芝の広場には小学生の姿がちらほらとあった。下校途中、寄っていくのだろう。

密告者はわからなくていい。そんな気になっていた。

新見広報課長は、きっぱりと疑惑を否定した的場の言葉を信じたようだった。監察にも話さないと言った。ならばこの先、新たな密告がない限り、今回の一件が蒸し返されることはないということだ。

本間裕康は不運だった。だが、娘に会えた。お父さんと呼ばれ、泣いてもらえた。浜名ら三人の罪は消えない。だが、本間は三ツ鐘署を好いていた。きっと恨んではいまい。

それでいい。収まりがいい。芝の広場を歩きながら、的場はそんな気持ちになっていた。

と、耳に話し声が届いた。

鯨の形を模した巨大な滑り台が近くにあった。声は、その向こう側から聞こえてきた。的場が足を止めたのは、それが聞き覚えのある声だったからだ。

そっと滑り台に近づき、爪先《つまさき》立って向こう側を覗《のぞ》き見た。

小さい体と大きい体が同時に目に入った。小さいほうは慶太。大きいほうは、浜名の伜《せがれ》、武司だった。

「メチャメチャにやっちまおうぜ。あいつ、すっげえ生意気じゃん」

「うん……」

「怖いのかよ?」

「そうじゃないけど……」

「だったらやろうぜ。孝志もな」

「えっ、孝志はよそうよ」

「なんでだよ?」

「だって、いいやつだよ」

「そんなことねえよ。先生のご機嫌ばっか取ってるじゃねえか」

「そうかなあ……」

「そうさ。お前、やっぱ怖いんだろ?」

「違うよ」

「だったら明日やれよ。わかったな」

「……………」

「返事は？」

「うん」

「うん、じゃねえだろ。返事は？」

「……はい」

居たたまれなかった。

何度も足を踏み出そうとして、しかし、できなかった。

的場は絶望的な思いを胸にその場を離れた。

歩きながら天を仰いだ。

頭の中で声が反響していた。

やっちまおうぜ。

あいつ、すっげえ生意気じゃん。

お前、やっぱ怖いんだろ？

だったら明日やれよ。わかったな。

うん、じゃねえだろ。返事は？

どれも慶太の言葉だった。

慶太が武司にけしかけていた。同級生をやっつけろと命令していた。

「ジジイの子」。いじめられていたのは慶太のはずだった。だが、大人たちの知らないところで、二人の力関係が逆転していた。

的場は真っ直ぐ歩けなかった。

きっとそうだ。「職住一体」のあの空間がそうさせた。

父親が的場にぺこぺこ頭を下げる場面を目にした子供たちが、その腹いせに慶太をいじめているのだとばかり思っていた。だが違った。その逆だった。自分の父親が的場に頭を下げるのを毎日のように目撃するうち、子供たちは萎縮《いしゆく》していったに違いない。慶太はそこにつけ込んだ。署の幹部である父親の威光をバックに同級生を支配下に置いていったのだ。

「投石事件」。ならば、あれも慶太が同級生に命じてやらせた……。武司の仕業ではなかった……。

土下座する浜名親子の姿が目に浮かんだ。

同時に密告者の正体が見えた。

おそらく……。浜名は最近になって子供たちの本当の力関係を知ったのだ。「投石事件」のあった時は、自分の息子が悪いのだと信じ込んでいた。的場と慶太の目の前で武司を殴り倒し、土下座させ、額をコンクリートに擦《こす》りつけた。しかし、実際には息子が慶太に操られていた。支配下に置かれ、いいように利用されていた。真実を知った浜名は、焼けつく胸を掻《か》きむしったことだろう。

浜名は仕返しの機会を窺っていた。

本間裕康が署で病死した時はただ保身に走っただけだった。だが、警備課の奥の資料室で的場の話を聞くうち、本間の死の隠蔽《いんぺい》が、署の広報担当である的場にとっても命取りとなるものであることを知った。

的場が知らせたのだ、刺すべき急所を。だから浜名は両眼に喜色を浮かべた。

浜名は本部に密告した。的場を道連れに懲戒免職覚悟の自爆を図ったのだ。まずは情報を小出しにし、じわりじわりと的場を追いつめた末に、本部に「自首」する腹づもり――。

恨みだけではなかったろう。今にして思う。あの資料室で的場に厳しく追及されながら、浜名は終始落ち着き払っていた。胸には既に第二の人生の絵が出来上がっていた。出世も頭打ち状態になった警察人生に見切りをつけ、「浜名銀行」で貯《た》めた金でラーメンの屋台を買うことでも考えていたか。

的場はもがくように早足で歩いた。

官舎に着いた。千里は外出していた。居間にメモがあった。

『メロンのお礼にドクダミ茶を浅野さんに届けてきます』

的場は床に座して目を閉じた。

あれが慶太のすべてではない。そんなはずはない。瞼《まぶた》には、的場の誕生日の夜、クラッカーを鳴らして出迎えてくれた慶太の笑顔がある。

辛《つら》かったのだ。転校してきて友達もなく、独りぼっちだった。日々いじめられ、それに堪え、打ち勝とうとしたがために足を踏み入れた悪路だったのだ。

今なら連れ戻せる。

的場が真っ直ぐ目を見つめ、真剣に叱《しか》れば、涙とともに慶太の毒は流れ出る。

だが……。

その前にしなければならないことがあった。

的場は警電を引き寄せた。

番号をプッシュする。その指が微《かす》かに震えた。本部広報課長席。

〈新見だ〉

「三ツ鐘の的場です。お話ししたいことがあってお電話しました」

自らの毒を吐き出すのだ。そうでなければ、慶太と対峙《たいじ》できない。

的場は話した。洗いざらいすべてを話した。

新見は無言で聞いていた。

話が終わると、しばらくして言った。

〈お前には失望した〉

「申し訳ありません」

〈一つ聞く。いまお前が話したことを本部が発表すると思うか〉

「思いません」

〈無論だ。闇《やみ》に葬《ほうむ》る。ただし、立場上、俺はこの話を幾人かの幹部の耳に入れねばならない〉

「覚悟しております」

受話器を置いた。

視界は色をなくしていた。見るものすべてが灰色に包まれていた。

的場は目を閉じた。

自らに言い聞かせた。

人生はやり直しがきくものだ——。

「ただいま！」

慶太の明るい声が玄関に響いた。

人ごと

人ごと

I

　雲間から薄日が差し、このぶんだと梅雨の晴れ間といった一日になりそうだった。午前九時を回ったところだ。三ツ鐘署には、二十四時間の当番勤務を終えた各地の交番勤務員が自転車やバイクで続々と上がってきていた。

　一階フロアの隅にある会計課の小部屋には早々と来客があった。隣接する片岡署の交通捜査係長だ。

「これなんですけど、ちょっと見ていただけますか」

　係長が差し出したのは、証拠品や現場遺留品を納めるビニール袋だった。カラに見えたその袋の底に、胡麻《ごま》の半分ほどの大きさの褐色の粒があった。一粒だけだ。

　西脇《にしわき》大二郎は、眼鏡を額にずらして目を凝らした。調べる、と言うほどの時間は必要なかった。

「パンジーの種ですね」

「やっ、パンジーですかあ……」

係長は落胆の声を漏らした。草花の種だと見当をつけたからこそ西脇のもとへ持ち込んだのだろうが、あまりにポピュラーな花の名を聞かされ興醒《きょうざ》めした様子だ。

五日前、片岡署管内の県道で東南アジア系の初老の男が轢《ひ》き逃げされて死亡した。その事件の関連捜査だという。犯人はすぐに挙がったが、被害者のほうの身元が割れない。所持品や聞き込みからは何の手掛かりも得られず、指紋の登録のほうでも引っ掛からなかった。諦《あきら》めかけていた矢先、ズボンの折り返しの中からこの種が見つかった。とりあえず「草花博士」に聞いてみよう、ということになったらしい。

「しかしまあ、仮に珍しい種類だったからといって、身元に繋《つな》がるというわけでもないでしょうからね」

係長は気を取り直したらしく、サバサバした口調で言った。外国人のためにここまでやったのだから。瞳《ひとみ》にはそんな自己満足の笑みすら覗《のぞ》いていた。

それとは逆に、「交通死」に絡《から》んだ種だと知らされた西脇のほうは何やら放っておけない気持ちになっていた。死んだ香織の顔が脳裏を掠《かす》めたのだ。

帰り支度を始めた係長に思い切って言ってみた。

「その種、もう必要ないようでしたら僕にくれませんか」

「え……？」

「咲かせてあげれば供養《くよう》になるでしょう」

「ああ、なるほど」

言葉とは裏腹に、係長は本官の顔で一般職員の西脇を見つめた。が、元々「証拠品」などと呼べる代物《しろもの》ではない。大袈裟《おおげさ》に一つ頷《うなず》き、そうしてあげてください、きっと喜びますと言ってビニール袋を差し出した。

「課長――」

車に向かう係長の姿を窓に見ながら、遺失物係の飯倉《いいくら》が声を掛けてきた。

「ずいぶんと話せる人でしたね」

本官の割には――続く台詞《せりふ》を省いて飯倉は白い歯を見せた。机の上には財布やバッグが小山のように積まれている。地域課の主任が、交番勤務員の受理した拾得物を取りまとめて置いていったところだ。その主任が日頃から横柄《おうへい》で一般職員を見くだしたような態度をとるものだから、飯倉の台詞もつい皮肉交じりになる。

会計課に籍を置く四人はみな一般職員だ。課長の西脇は五十二歳で、本官で言えば警部クラスに該《あた》るが、この小部屋に階級社会の堅苦しさはない。

「今日は多いな。手伝おうか」

西脇が言うと、飯倉は慌《あわ》てて顔の前で手を振った。その手に赤い財布と遺失物の番号札が握られている。

「大丈夫です。それより課長、その種、どうやって育てるんです？」

「ああ、簡単だよ。水を含ませといてやればいいのさ」

西脇はデスクの引き出しを開き、脱脂綿の袋を取り出した。一摑《ひとつか》み千切り、部屋の隅の流しで水に浸した。ビニール袋の底からパンジーの種を摘《つま》み出してその脱脂綿で包むと、思案顔で部屋の中を見渡し、風通しのいい窓際《まどぎわ》の棚の上に置いた。

その窓越しに前庭の花壇が見える。西脇が丹精したものだ。マリーゴールドとガザニアは今が盛りだ。ペチュニア、キンレンカ、アゲラタムも咲き始めた。あと半月もすれば、香織が好きだったマツバボタンも色とりどりの可愛《かわい》らしい花をつける。

「ちょっと課長」

声に振り向くと、飯倉が歩み寄ってきて、厚紙のカードを差し出した。

「さっきの種なんかより、こっちのほうが持ち主に繋がりませんか」

西脇はカードに目を落とした。「ガーデンフラワー三ツ鐘店」。花屋の会員証だ。

「落とし物？」

「ええ」

飯倉は机に戻り、一目で合成皮革とわかる粗末な黒い小銭入れを手に取った。

「これに入ってたんですけどね。えーと、中身は……ジャラ銭ばかりで六百二十七円です。店に聞けば落とし主わかりますよね。名前は書いてないんですが、会員番号が打ってありますから」

「うん。店で名前は控えてる」

西脇は断定口調で言った。自分も同じ店の会員証を持っているからだ。

「ガーデンフラワー三ツ鐘店」は広い駐車場を備えた郊外型の花屋だ。店名が示す通り、季節の草花とガーデニング用品を手広く扱い、週末ともなれば若い主婦や年輩の夫婦を中心とした客が引きも切らない。西脇も週に一度は顔を出す。花壇作りに欠かせない腐葉土や肥料の品揃《ぞろ》えが豊富だからだ。店長とはすっかり顔馴染《なじみ》で、代金が一割引になると勧められて会員にもなった。以来、珍しい輸入苗の入荷予定などがあるとダイレクトメールで知らせてくる。

「地域課に突っ返してやりましょうよ」

唐突に飯倉が言った。

「だって、花屋に電話すればすぐに会員証の持ち主がわかるわけでしょう？　なのにこっちに押しつけて、職務怠慢ですよ。こんなんじゃ、いくら保管庫を大きくしたってすぐ一杯になっちゃいますし」

日頃の鬱憤《うつぷん》を晴らしてやろうという口ぶりだった。

「どこの交番？」

西脇が聞くと、飯倉は書類に目を落とした。

「えーと、駅前です。交番の真ん前に落ちてて、勤務員が気づいて拾得したようですけど――どうします、突っ返しますか」

「いいよ。あとで僕が店に聞いてみるから」

「だって、向こうの仕事ですよ」

「まあ、一応は花のことだから、僕が面倒みるよ」

事を荒立てたくない思いが西脇にそう言わせた。交番のほうにも言い分があるのだ。駅前交番は、三ツ鐘署管内にある九つの交番の中で最も多忙だ。

「だったら私が聞きますよ」

飯倉が不貞腐《ふてくさ》れた顔で受話器を握ったが、西脇は、直接店に行ってみるから、と言って制した。「三ツ鐘店」の店長は他にも二つの店を掛け持ちしていて午後にならないと現れない。いまの時間はパートの主婦が数人いるだけで、店の管理事務的なことは要領を得ないと知っていた。

西脇は席につき、会員証の裏を見た。

№.２６５――。

早く持ち主に返してやりたいという思いが湧《わ》き上がった。黒い小銭入れは憐《あわ》れなほど年季が入っている。中身は六百二十七円。西脇の頭には、カツカツの年金暮らしの中から、百円、二百円と花苗の代金を支払う老人の倹《つま》しい姿が浮かんでいた。

2

西脇は定時の午後五時十五分に署を出た。「ガーデンフラワー三ツ鐘店」までは車で二十分ほどの距離だ。県道を東に向かう。

一カ所……二カ所……。道路端で、マリーゴールドの黄色い花が、疾走する車の風圧に揺れていた。二つとも西脇が植えたものだ。交通死亡事故が起きると現場に赴き、土の部分があればそこに、なければ近くの街路樹や生垣の隅に花を植える。

西脇は前方の交差点の角に目をやった。三カ所目だ。マリーゴールドの傍らには、真新しいユリの花束と缶ビールが供えてあった。三日前、四十一歳の会社員が道路を横切ろうとして四トン車に撥《は》ねられた現場だ。道にはまだガラス片とチョークの痕《あと》が残っている。

西脇は瞬《まばた》き一つの黙禱《もくとう》を捧《ささ》げて現場を通過した。こんな時、十五年前の悲報が耳に蘇《よみがえ》る。

そう、香織が死んでもう十五年にもなる。

西脇の姉の一人娘だった。赤ん坊の時から随分と可愛がり、香織のほうもよく懐《なつ》いていた。西脇夫婦が子に恵まれなかったこともあって、姪《めい》である香織の成長は大きな楽しみであり、秘めた喜びでもあった。

ハキハキとして明るい子だった。ピアノとバレエの上達も速かった。その香織が横道に逸《そ》れたのは中学に上がってすぐだった。クラスでいじめに遭い、そこから抜け出したくていじめる側に回った。目がくりっとして可愛らしい顔をしていたからだろう、不良じみた先輩の男子生徒に言い寄られ、夜遊びをするようにもなった。二度といじめられたくない。そんな思いが不良グループの「力の傘」に入った理由だったかもしれない。煙草《たばこ》を吸い、酒を飲み、シンナーにも手を出した。やがては暴走族の集会に参加して、車やバイクの後ろに乗るようになり、姉夫婦の言うことを一切聞かなくなった。

すべては後になって知ったことだ。

遊び歩いていた頃も香織はちょくちょく西脇の官舎に顔を出していた。髪形や服装の乱れが気になり再三注意はしたが、香織の振る舞いは幼い時と少しも変わらず邪気がなかった。妻の時子が作る料理を世界一だと持ち上げ、僅《わず》かばかりの小遣いを与えると首に抱きついてきて「叔父さん大好き」とキスの真似事《まねごと》をした。きつくは叱《しか》れなかった。西脇は、香織のことが可愛くてならなかった。

その香織が十四歳で逝《い》ってしまった。

真夏の夜だった。暴走族の車の窓枠に腰掛け、上半身を外に乗り出していた。「ハコ乗り」というやつだ。運転していた少年がふざけて急ハンドルを切り、振り落とされた香織は道路に全身を打ちつけた。頭蓋骨《ずがいこつ》骨折。即死――。

香織の死は西脇と時子に深刻な打撃を与えたが、嘆き悲しむ姉夫婦を前にすれば、思いを押し隠して慰め役に回るほかなかった。それが辛《つら》かった。いや、それだけでは済まなかった。取り乱した姉は西脇と時子に向け口走った。

あんたたちのせいよ。親みたいな顔して香織を散々甘やかしたから――。

以来、姉夫婦とは疎遠《そえん》になっている。

西脇は香織が死んだ事故現場にマツバボタンの苗を植えた。生前、官舎に遊びに寄った香織が、プランターの花を見て「わあ、綺麗《きれい》！」と感嘆の声を上げたのを思い出したからだった。

花は若い時分からやっていた。どこに異動してもアパート型の官舎暮らしで庭はないから、狭いベランダでプランターや鉢植えの花を育ててきた。警察官は盆栽や菊作りに熱心な者が多い。上が、家の中でできる趣味を奨励していることもある。いざ非常招集という時に、釣りだの登山だので不在の人間が多くては困るからだ。「待機寮」という呼び名こそ消えたが、だからといって警察組織の物の考え方が変わったわけではない。一般職員である西脇も、知らず知らずのうちに感化されてきたのだろうと思う。

香織の事故現場に植えたマツバボタンは、翌年になって驚くほど増えた。あまりに生育がよく、伸びた茎や花が道路にはみ出し、それがタイヤで踏まれて無惨《むざん》な姿を晒《さら》すようになった。見かねた西脇は、当時勤務していた所轄《しょかつ》の上司に願い出て、はみ出していたマツバボタンを署庁舎の前の芝地に移植した。

「無事故の園」。思いつきでそう名づけ、他にも幾つかの種類の花を植えた。署内での評判は上々だった。感じがいいという声が外からも聞こえてきたとかで、署長直々に花壇を広げてくれと頼まれた。それからというもの、西脇は赴任する先々の所轄で花壇作りを請われることになった。三ツ鐘署は四つ目だ。一昨年《おととし》手掛けたばかりの、まだ年若い花壇である。

西脇は車の速度を落とした。「三ツ鐘店」の看板が近かった。不況が泥沼化し、ガーデニングブームもそろそろ怪しくなってきているが、この店に限って言うならそれは当たらない。営業努力もあるのだろう。「アフター5の心のオアシス」。キャッチフレーズの一つが語るように夜八時まで営業していて、独身のOLまでも客として取り込んでいる。

西脇が車を降りると、店長の浅井がぺこりと頭を下げ、揉《も》み手で店から出てきた。外部の者にとっては、「警察官」も「警察に勤めている人間」も区別はない。要するに、仲良くしておいて損はない人間だということだ。

「いらっしゃいませ。土でしょう？　電話くだされば届けますって」

「いや、今日は違うんだ」

事情を話しながら二人で店に入った。

「会員ナンバーは何番ですか」

浅井はカウンター奥のノートパソコンを操作しながら聞いてきた。

西脇は手帳を開いた。

「265番だ」

「えーと……はい、わかりました。多々良《たたら》さんですね」

浅井は素早くメモ書きをすると、その紙を西脇に差し出した。

多々良巌《いわお》　三ツ鐘市財田《ざいた》町三の三の四――

「年配の人かな？」

「ええ。そうですね、七十は過ぎていると思いますよ。ウチの大得意さんでね、いつも山のように花を買っていってくれるんです」

山のように……？

西脇は意外な思いにとらわれた。頭の中で出来上がっていた、しょぼくれた老人像を修正する必要がありそうだった。

3

財田町には十分ほどで着いた。

古くからの閑静な住宅地だ。お屋敷と呼べるような家はないが、それでもいまどきの団地に比べれば、どの家も二倍ほどの敷地を持っていそうだった。

西脇は児童公園のわきに車をとめ、地番表示を頼りに多々良巌の自宅を探した。しばらく歩き回り、近い番地までは辿《たど》り着いたが、目的の表札は見つからなかった。ひょっとして、と思い当たり、来た道を少し戻って足を止めた。

おそらく、ここだ。

二つの二階家の間に、ちょうど一区画分の更地がある。空き地ではない。土地の奥のほうにコンクリートの基礎工事が施されている。古くなった家を建て替えているということだろうか。

西脇は背後の気配に振り返った。

向かいの家の勝手口が開き、驚くほど腰の曲がった老婆《ろうば》が道に出てきたところだった。手に買い物籠《かご》をぶら下げている。

「あの、すみません。多々良さんのお宅はここなんでしょうか」

尋ねると、老婆は腰を伸ばす仕種《しぐさ》をして上目遣いに西脇を見た。

「豆腐を忘れちゃったんでね、これから買いに行くとこ」

「はい？」

「巌さんはもういないよ。あんた誰？」

「あ、私は落とし物を届けにきた者なんですが……」

「ひどいことになっちゃってねえ」

「え?」

「ひどい娘《こ》たちなんだよ、まったく」

老婆は勝手に喋《しゃべ》りはじめた。

話はあっちに飛び、こっちに飛びしたが、要するに多々良巌には三人の娘がいて、その娘たちが土地を売り払ってしまったということらしかった。

「違うんですよ」

声がして、初老の女が勝手口から出てきた。嫁らしい。私が行きますからと買い物籠を取り上げ、曲がった腰を押すようにして老婆を家の中に連れていった。

西脇が呆気《あっけ》にとられていると、失礼しました、と恐縮しながら嫁がまた道に出てきた。

「娘さんたちが土地を売ってしまったわけではないんですよ」

姑《しゅうとめ》の話を打ち消しておかねばと思ったのだろう、嫁は言いにくそうに顔を顰《しか》めながら、「お向かい」の事情をかい摘《つま》んで話した。

多々良巌に三人の娘がいるのは本当だった。皆とうに嫁ぎ、三年前、妻に先立たれた多々良はここで独り暮らしをしていた。同居の話が持ち上がったのは去年の春先だった。市内に住む長女が引き取ると言いだした。多々良の心臓の持病が心配だからとのことだったが、実際には長女の嫁ぎ先の建築会社が傾いていて、老後の面倒を看《み》る代わりに、ここの土地を売却させ、その金を会社に出資させようともくろんでいたのだという。

「妙だと思ったんですよ。それまでろくに姿も見せなかったのに、突然、同居話が持ち上がったりしたもんだから」

老婆の話を打ち消すどころか、嫁のほうも姑に負けず劣らず腹に据えかねていることがわかってきた。

「土地を売る話が下の娘さんたちの耳に入って、それからがもう大変でした。三人して毎日のように押しかけてきて大喧嘩《げんか》ですよ。ヒステリーみたいな怒鳴り声が近所中に聞こえてきてねえ」

財産分与の話で揉めたということだろう。西脇は、しかし半分は聞き流していた。香織の一件以来、他人の家のことには立ち入らない習慣ができている。深入りしそうになると心にブレーキが掛かる。すべてにおいてそうだ。署内でも官舎でも当たらず触らずの人付き合いしかしていない。妻の時子もそうだ。買物以外はあまり外出もせず、他人を避けるようにしてひっそり暮らしている。

あんたたちのせいよ。

親みたいな顔して。

姉の声が耳にこびりついている。それは生涯消えることがないだろうと思う。

「で、結局、どうなったんです？」

西脇は結論を促した。辺りはもう真っ暗だった。

「大騒ぎした挙げ句、多々良さんが突然土地を売っちゃったんですよ」

「じゃあ、いま長女の方の家に？」

「いいえ」

嫁は意味ありげに言って、遠くを指さした。

「あそこにいるんですよ」

目線を上げた西脇はぎょっとした。嫁の指先には、街のシルエットから一つだけ抜きんでたノッポビルの窓の灯があった。

『三ツ鐘タワーマンション』——。

三ツ鐘駅の近くにそびえ立つ高級マンションだ。二十五階建て。市役所や損保のビルよりも数段高く、市内のどこにいようが嫌でも目に入る。

「多々良さん、最上階を借りてるんです。すごいでしょう」

嫁は愉快そうに言った。

西脇は唖然《あぜん》とした。最上階。いったい幾ら払えば借りられるのか。

「なぜあんなところに……」

西脇が呟《つぶや》くと、嫁の顔から笑みが引いた。

「雲の上の仙人にでもなりたくなったんじゃないですか。争いごとが嫌で」

4

翌日。西脇は昼休みに「三ツ鐘タワーマンション」へ向かった。

駅前のパーキングに車をとめ、五分と歩かずにマンションの前に着いた。下から仰ぎ見ると首の後ろが軋《きし》んだ。大手私鉄のY社が、朝夕の快速電車を走らせ始めた時期に合わせて関連会社に建設させた。三ツ鐘駅から都心までを一時間半で結び、「通勤圏」だとぶち上げたのだ。末期とはいえバブルがまだ続いていた頃だったから、投資目的で部屋を買った人間も多かったと聞く。

マンションに入ろうとして、西脇は舌打ちをした。入口はオートロック式だった。インターホンの部屋番号を押して、住人がロックを解除してくれなければ建物の中に入れない。最上階だとはわかっているが、多々良巌の部屋番号は知らなかった。建物の横に回って郵便受けを見てみた。二十五階で名前を出している部屋は半分ほどだった。多々良の名はない。

管理人は置いていないようだった。西脇は仕方なく駅に戻った。駅ビルの一角に私鉄の不動産部門が入っている。「タワーマンション入居者募集中」の派手な看板が出ていたのを記憶していた。

応対に出たのはちょび髭《ひげ》を生やした小太りの男だった。西脇が身分を明かして用件を告げると、すぐさま台帳を捲《めく》り、2501号室だと教えてくれた。

と、その台帳に書き込まれていた家賃の金額が西脇の目に飛び込んできた。

「三十五万円」

思わず声になっていた。

ちょび髭は誇らしげな表情を覗《のぞ》かせた。

「なんせ、このマンションで一番いい部屋ですからね。5LDKありますし、最上階の東南の角部屋です。それでも、いっときに比べると家賃も随分お安くなったんですよ」

早足でマンションに向かった。もう昼休みを半分使ってしまっていた。

インターホンの部屋番号を押すと、ややあって応答があった。

〈はい、多々良ですが〉

警戒を含んだ声だった。

西脇は送話口に顔を近づけた。

「私、三ツ鐘署の西脇と言います。あなた、小銭入れを落としませんでしたか？　拾われて署のほうに届いているんですよ」

途端に声の調子が変わった。

〈いやあ、落としてたんですかあ。見えないんで部屋中を探してたんですよ。まさか落としたとは——〉

「多々良さん」

遮るように西脇は言った。

「じゃあ身分を証明する物を持って、二、三日中に署の会計課に寄ってください。遺失物係で保管してますから」

〈わかりました。あ、それよりどうぞ、いま開けますので上がってきてください〉

声が終わらないうちに、目の前の自動ドアがスッと開いた。

西脇は当惑した。用件は告げたわけだから、部屋に上がる必要はなかった。心にブレーキが掛かっていた。多々良と顔を合わせれば、娘たちの話を聞かされる羽目になるだろうと思った。

送話口に早口で吹き込んだ。

「多々良さん、結構です。私はここで失礼しますから」

応答はなかった。もうインターホンの受話器を置いてしまったに違いなかった。

一寸《いっすん》迷い、西脇はマンションに入った。

部屋を訪ねてみる気になった理由は一つだった。「ガーデンフラワー」の浅井は、多々良が山ほど花を買っていくと言っていた。おそらく財田町にいた頃の話だろう。その大量の草花はどうしてしまったのか。まさか一年草ばかりとも思えない。

エレベーターは瞬《また》く間に西脇を二十五階に運んだ。降り立ったフロアには分厚い絨《じゅう》毯《たん》が敷き詰められていた。西脇は気後れした。木目の際《きわ》立《だ》つ観音開きの扉のわき、『2501』のプレートが目に留まった。

チャイムを鳴らすと、すぐに扉が開いて白髪の小柄な老人が姿を現した。目元に穏やかな笑みを湛《たた》えた、好々爺《こうこうや》の形容がぴたりと当てはまる老人だった。

「ご苦労さまです。さ、どうぞお入りください」

部屋に上がった西脇は息を呑《の》んだ。

室内の豪華さにではない。窓からの眺望にでもなかった。

花々だ。

ベランダはもちろんのこと、玄関からキッチン、リビング、寝室に至るまで、初夏の草花が咲き誇るプランターが所狭しと並べられていた。「秘密の花園」。西脇の頭にはそんなフレーズが浮かんでいた。土地を売り払った老人は、ありったけの花をこのマンションに運び込んでいたのだ。

多々良は照れたように笑った。

「驚かれたでしょう？　市役所の公園緑地課に勤めてたもんですからね、定年後も花が抜けなくて」

「なるほど、そうでしたか……」

「フラワー公園の大きな花時計、ご存じですか？　あれ、私が管理してたんです。一年中ずっと綺麗《きれい》に花を咲かせていないといけないので気を遣いましてねえ」

「それはすごい」

西脇は、先制攻撃とでも言えそうな多々良の自慢話を素直に受け止めた。

四季を通じて人に見せる花壇を作る。ましてや花時計ともなれば、花色のコントラストで文字盤を形作らねばならない。花をやっている人間ならば、それがどれほど大変な作業かわかる。

既に淹《い》れてあったのだろう、多々良はキッチンから紅茶を運んできた。西脇にソファを勧め、自分は座らずに日当たりのいい窓際に向かい、作業台とおぼしきテーブルから自分のカップを摘み上げて戻ってきた。

そのテーブルの上にはセントポーリアの鉢植えがあった。わきには人工培養チップを敷きつめた木箱が置かれているから、「葉差し」の作業をしていたところとみていい。カッターで葉を切り、チップに差していく。セントポーリアはそうして子株を取る。花色は紫とピンクの縞《しま》模様。「ストライプ種」と呼ばれる系統だ。

「うまくつくといいですね」

西脇が言うと、多々良の目が輝いた。口ぶりで西脇も花をやるとわかったからだ。

「お好きですか」

「ええ。私も先日、葉差しをやったばかりでして」

「ほう、植え替え用の鉢用土はどうされました？」

「バーミキュライトとピートモス、それに、盆栽用の日向土《ひゅうが》を同量ずつで」

「ベストですね。マグアンプKを少し多めに混ぜるといいですよ」

「苦土石灰《くどせっかい》よりも？」

「ええ、石灰の二倍は入れたほうがいいです。それとＢＭヨウリンを――」

しばらくは花の話で盛り上がった。

多々良は上機嫌だった。

「いやあ、本当にいい人が来てくれてよかった。ここに住んで一年近くなりますが、お巡《まわ》りさんが来てくれたのは初めてですよ。財田町にいた頃は、しょっちゅう交番の人が顔を見せてくれたんですがね」

「先ほども言いましたが、私は警察官じゃありませんよ。ただの会計屋です」

「ああ、そうでした、そうでした。じゃあ西脇さんのほうから、交番のお巡りさんもたまには寄ってくれるよう話しておいてくださいな」

「ええ、伝えますが、しかし、何といっても駅前交番は管内で一番忙しいものですから、巡回連絡のほうまでなかなか手が回らないようなんですよ」

「お願いしますよ。ほら、私は心臓が悪いものだから、突然ポックリいってしまったりしたらと思うとちょっと心配で」

西脇はテーブルに目を落とした。総合病院の薬袋が無造作に置かれている。

妙な気がした。

わざとらしい感じがしたのだ。

疑心が、雨垂れのように西脇の胸に落ちた。

多々良は話を続けた。

「狭心症なんですよ。ただ本当はもっと深刻な状態らしいです。だから病院には行かなくなっちゃいました。入院だとか手術だとか言われたら嫌ですからね。この薬も三年前に貰《もら》ったもので、ニトロの舌下錠《ぜっかじょう》ですから今でも効くとは思いますが」

西脇は多々良の目を見つめていた。

胸の疑心は広がりつつあった。

薬袋ではなかった。疑心の出発点は、多々良が警察官の立ち寄りにひどく拘《こだわ》っている点にあったのだと気づいていた。

自作自演……。

そんな言葉が頭に浮かんでいた。

あの小銭入れは、多々良がわざと落としたのではないのか。

小銭入れは交番の真ん前に落ちていた。勤務員に拾ってほしくて多々良がそうしたのだと考えれば合点がいく。それに中身は六百二十七円と花屋の会員証だけだった。万一、交番に届けられず、誰かに持っていかれてしまったとしても多々良は痛くも痒《かゆ》くもない。

西脇は確信した。警察官をここに呼び寄せるために小銭入れを落としたのだ。

なぜか？

急死した時に自分の死体を早く見つけてほしいからだ。誰にも発見されず、いつまでも屍《しかばね》が放置されるのが恐ろしいのだ。だから、あらかじめ死体を発見する役を決めておこうとした。警察官と顔を繋《つな》いでおき、嫌な役回りを赤の他人であるその警察官に押しつけようと考えていたのだ。自分には血の繋がった娘が三人もいるのに。

哀れ。そんな言葉が浮かんだが、こみ上げてきた怒りと妬《ねた》ましさに搔《か》き消された。

言葉が喉元《のどもと》をすり抜けた。

「娘さんがいらっしゃるんでしょう？」

「はい？」

「財田町で伺いました。娘さんが三人もいるらしいじゃないですか。お体のことが心配でしたら娘さんたちに来てくれるよう頼んだらどうです」

多々良は気色ばんだ。

「もう娘だなんて思っていません。縁を切ったも同じです。そりゃあ昔は可愛《かわい》かったですよ。優しい子たちでした。でも、今じゃ三人とも金の亡者《もうじゃ》です。あいつらにはビタ一文渡しません。退職金も財田の家を売った金も全部使い切ってしまうつもりです」

傲慢《ごうまん》な言い方だと思った。もうブレーキが利《き》かなかった。

「歳《とし》を取ったら独りでは生きていけない。違いますか」

「独りでいいです。いや、独りがいい」

「強がりはおやめなさい。お孫さんだっているんでしょう?」

「ええ、五人います。だからといって、娘たちの機嫌を取るつもりは毛頭ありません。最初から独りだった。娘も孫もいなかった。そう考えれば寂しくもなんともないですから」

多々良は決然と言い切った。

5

数日後、片岡署の係長から譲り受けたパンジーの種が発根した。

その日の午後だった。多々良巌が会計課に現れた。初対面の印象そのままの好々爺に戻っていた。肩幅が狭く、胸板も薄いその小柄な体がひどく病的に映った。よく丹精されていますねえと署の前庭の花壇を褒めた。目を細めてしばらく花に見入っていた。そして何度も丁重に礼を言い、六百二十七円と会員証の入った小銭入れを持ち帰っていった。事情を知らない飯倉はしみじみと言った。あのお爺《じい》さんにとっちゃ大切な虎《とら》の子だったんでしょうね――。

西脇は、駅前交番の勤務員にも多々良のことを話していなかった。

自分が「死体発見役」の代わりをしてやればいい。漠然とそんなふうに思っていた。罪滅ぼしに近い気持ちだった。娘たちのことを口にして多々良の心を揺さぶった。孫の話まで持ち出して、言いたくもないようなことまで言わせてしまった。

心のどこかで不幸な老人を期待していたのだ。所持金六百二十七円の老人。それが裏切られると、今度は、高級マンションの一室でうずくまる、心満たされぬ老人を思い描いた。さらには、子供が三人もいながら、一人も子供がいない者よりも孤独で哀れな老人を。

人ごとのはずだった。だが、どうにも放っておけない気持ちになっていた。

多々良は見越していたか。会員証を辿《たど》れば、財田町の家を当たることになる。そこで娘三人との確執も耳に入る。ちゃんと事情を知った人間に「死体発見役」を引き受けてほしい。多々良はそう願ったのかもしれなかった。

わざと小銭入れを落とした。その行為にも、具体的で切羽詰まった動機があったように思えてきた。「いつか」のために保険を掛けたのではなく、自らの死期が近いことを感じ取っている。度重なる発作の前兆。そうした体の異変が多々良に小さな計略を思いつかせたのではなかったか。

西脇の住む官舎の窓からは「三ツ鐘タワーマンション」がよく見える。夜、マンション最上階の窓の灯を確認する。点《つ》いていれば、それが多々良が無事でいる証《あかし》だ。十日ほど続けるうち、窓の灯は十時丁度に消えることがわかった。だから九時半と十時半の二回、マンションに目を向ける。それが西脇の日課となった。

会計課ではパンジーの種が発芽した。

西脇は育苗床に移し、課の窓際のデスクでたっぷり日に当ててやった。やがて本葉が五、六枚になると、プランターに定植した。少し花をやる人間ならば、それがパンジーの苗であることが一目でわかるようになった。

署の花壇では今年もマツバボタンがよく咲いた。花の移り変わりとともに夏は瞬く間に過ぎていった。

多々良の部屋の灯を確認する日課は欠かさなかった。煩《わずら》わしいと感じたことはなかった。不思議な感情が芽生えていた。相手の事情に深入りすることなく、それでいて穏やかで確かな人間関係が継続している。いつしか、そんな思いが西脇の胸に根付いていた。

灯を見つめていると様々なことを考える。多々良が求めているのは本当に「死体発見役」だろうか。花を引き取り、水をやってくれる人間。次第にそんな気がしてきた。自分が死に、十日も二十日も発見されずにいたら花は枯れる。丹精して育てた、あの「秘密の花園」が全滅してしまう。多々良は何よりそれを恐れているのではあるまいか。

新たな謎《なぞ》も浮かんでいた。

多々良はなぜマンションを選んだのか。

所詮《しょせん》、プランターは「箱庭」でしかない。草花は地面に植えてこそ本来の美しさを見せるものなのだ。そんなことは百も承知の多々良がマンションに住もうと決めた理由がわからなかった。三十五万の家賃を払えば、広い庭付きの一戸建てが楽々借りられたろうに……。

木枯らしに追われて秋が去り、冬が駆け足でやってきていた。会計課のパンジーは蕾《つぼみ》をつけ、みるみる花を咲かせた。花弁は、限りなく黒に近い紫色だった。

西脇は片岡署の係長に電話を入れた。

「ブラックプリンス、もしくは、スプリングタイムブラックという品種です。県内ではほとんど出回っていません。山石村の加藤さんという園芸農家で作っているだけです。そちらを当たってみてはどうですか」

係長は何度も礼の言葉を口にした。

飯倉は「刑事よりも刑事みたいだ」といたく感心し、本官に手柄を横取りされないように署長に報告しておいたほうがいいと大真面目《まじめ》に言った。

その二日後だった。

午後九時半、西脇は官舎の窓からマンションに目を向けた。

刹那《せつな》、心臓をぎゅっと摑《つか》まれた思いがした。

最上階の角部屋に灯がなかった。

夜の外出。一瞬にして脳が打ち消した。この半年、そんなことは一度もなかったのだ。慌《あわ》てて居間に戻り、受話器を取り上げた。だが、どこに何と電話してよいやらわからなかった。老人が倒れた。死んでいる。そう断じる根拠はないのだ。

西脇は急ぎ身支度を整え、官舎を飛び出した。出掛けに、時子に向かって言った。

「呼んでやればよかったよな。一度ぐらいウチに呼んでやれば――」

車を飛ばした。

アクセルを思いっきり踏み込んだ。エンジンが唸《うな》りを上げていた。

悔いていた。

七時か、八時か、早い時間に灯を確認してみればよかった。

生きていてくれ――。

もはや人ごとではなかった。

こんな思い、いつ以来だろう。いや、生まれてこのかた、他人のためにこれほど真剣な気持ちになったことがあっただろうか。

最上階に灯のない「三ツ鐘タワーマンション」は闇《やみ》に溶け込んでいた。道端に車を乗り捨て、入り口に走った。急《せ》いた指でインターホンの部屋番号を押す。何度そうしても応答はなかった。

幻聴だけが響いた。

いやあ、本当にいい人が来てくれてよかった――。

6

Y社のちょび髭《ひげ》をつかまえるのに小一時間掛かった。

マスターキーで２５０１号室の扉を開けさせ、部屋に踏み込んだ。駅前交番の勤務員二人が一緒だった。事情がよく呑《の》み込めないまま、だが、西脇の真っ青な表情に深刻な事態を読み取ってついてきた。

リビングの灯を点けた。

いた。

多々良巌は花の中にいた。

ポインセチアとカランコエのプランターの上に仰向けの恰好《かっこう》で倒れていた。死んでいるのだと直感した。勤務員が駆け寄って脈をとり、すぐに神妙な顔で首を振った。

「事件とか自殺とかじゃないですよね？」

ちょび髭が素《す》っ頓狂《とんきょう》な声を上げた。部屋の価値が下がることを恐れているようだった。

西脇は声もなかった。ただ呆然《ぼうぜん》と多々良の亡骸《なきがら》を見つめていた。

苦悶《くもん》の表情ではなかった。安らかというのとも違った。傍らに、緑色のジョウロが転がっていた。中の水が絨毯《じゅうたん》に広がっていた。

西脇はソファを振り向いた。

テーブルの上に薬の袋があった。花に水をやっている最中に心臓発作に襲われた。テーブルまではあまりに遠かったということか。

窓際《まどぎわ》の作業台の横に、三つの鉢植えがあった。セントポーリアだ。紫の可愛らしい花をつけている。半年前のあの日、葉差ししたものに違いなかった。

三つの鉢植え――三人の娘たち――。

単純に結び付けていいものかどうか西脇にはわからなかった。

検視官と警察医が到着した。何年も前に病院に行ったきりだから、多々良の死に関して死亡診断書を書ける医師が存在せず、変死扱いとなったのだ。ほどなく病死と判定された。玄関に追い払われていたちょび髭が小躍りするのが見えた。

多々良の遺体は寝室の布団《ふとん》に寝かされた。

そろそろ引き揚げよう。西脇がそう思った時、多々良の娘たちが現れた。長女、次女、そして市の郊外に住む三女が少し遅れてやってきた。

四十～五十歳。三姉妹はその間に収まっていそうだった。三人とも顔がよく似ていた。目元や顔の輪郭は多々良譲りだと感じた。

娘たちは少しだけ泣き、呆《あき》れるほど短い時間で現実の顔に戻った。

押し殺した声で葬儀の押し付け合いを始めた。

「できない？　なんでよ？　姉さんのところでやるのが筋じゃない」

「知ってるくせに。トシオの会社が大変なの。お葬式どころじゃないのよ」

「父さんから巻き上げ損なったからね」

「よしなさいよ、こんな時に。ねえ、あなたのところでやってよ」

「だから、ウチは駄目だってば。アキヒコの受験が近いんだから。すごく神経質になってるの。お線香の匂《にお》いなんか嗅《か》がせたら、きっと暴れ出すに決まってる」

「もう、ヤスコが駄目ならキミコのところでやってよ」

「やだ、なんでこっちに振るのよ。あたしは一番下なんですからね。ずっと損してきたのに、こういう時まで貧乏籤引《びんぼうくじ》かされるんじゃたまんないわ」

「貧乏籤って言い草はないでしょう。お父さんのお葬式なのよ」

「今更きれいごと言わないでよ。財産独り占めにしようとしたくせに」

「いい加減にしなさいよ。元はと言えばね、あんたたちがあんまり父さんに冷たいから——」

話は葬儀費用に及んだ。三女が預金通帳を見つけて声を上げた。残高が相当に少なくなっていたようだった。三人は諍《いさか》いをやめ、布団の中で冷たくなっている父親を罵《のの》った。

花も、とばっちりを受けた。

「こんなに無駄遣いして。これ、いったいどうする？」

「あたしはいらない。管理の人に頼んで適当に処分してもらえばいいんじゃないの」

「売れる?」

「そんなわけないでしょ。ただの草花よ」

「じゃあやっぱり処分してもらおう。さっきの髭の人、まだいる?」

西脇はソファから腰を上げた。

喉《のど》に言葉があった。

だが……。

親みたいな顔して——。

西脇は言葉を呑み込み、玄関に向かった。

その背に声が掛かった。

「すみません。あなたもここの管理の方ですよね?」

西脇は振り向いた。多々良によく似た六つの瞳《ひとみ》がこちらを見つめていた。

「ここの花、処分したいんですけど、そちらで手配してもらえます?」

言葉が喉を突き上げた。

「あれだけでも持って帰ってあげてください」

三人の娘は、西脇が指さした作業台に視線を投げた。三つの鉢に植えられたセントポーリア。訝《いぶか》しげな色を湛《たた》えて三人の視線が西脇に戻った。

「私は多々良さんの友人です。あれは、多々良さんが子株を取って育てた花です。三つありますから、きっとあなたたちのために作ったのだと思います」

口にしてみて、西脇は後味の悪い思いにとらわれた。

耳には、娘たちのことを悪し様《あざま》に言った多々良の声があった。

もう娘だなんて思っていません。

あいつらにはビタ一文渡しません。

「いい加減なこと言わないでくださいな」

長女が文句をつけるように言った。

「私たちのために作ったんじゃありませんよ。それ、子株じゃないもの」

「えっ……？」

「だってほら、横にある親株のほうはピンクと紫のストライプじゃないですか。なのに鉢植えのは三つとも紫一色ですよ」

西脇は目を見開いた。

長女も少し花を翳《かじ》っているようだった。その生半可な長女の指摘が、西脇の胸を撃ち抜いていた。

多々良の深い思いに触れた気がしたのだ。

西脇は言った。

「葉差ししたストライプ種は、親株と同じ色の花を咲かせることはないんです」

「えっ？　そんな話、聞いたことないけど」

「そうなんです。子株は親株とは違う色の花を咲かせるんです」

言いながら、多々良の気持ちにさらに近づいた思いがした。

深刻な発作の前兆があった。だから小銭入れを落とし、そして、セントポーリアの葉差しを始めた。三人の娘にこの鉢植えを遺すために——。

西脇は目を閉じた。懸命に言葉を探した。多々良の気持ちに寄り添ってやりたかった。

言えそうだった。

西脇は目を開いて三人の娘を見つめた。

「セントポーリアは……人間とよく似ていると思います。子供は、親が思うようには育たない。生まれ持った性格や様々な人との出会いによって、色を変えながら成長していくものでしょう。でも……どれほど色が違ってしまったからといって、親子でなくなってしまうわけではないんですよね」

自分にも言い聞かせていた。姉にも、時子にも、そして、死んだ香織にも。

三人の娘は黙りこくった。

そりゃあ昔は可愛《かわい》かったですよ。優しい子たちでした――。

音もなく流れる空調の温風に、冬を彩《いろど》る花々が微《かす》かに揺れていた。

7

会計課の黒いパンジーは、幾つもの花を咲かせていた。

片岡署の係長から電話が入った。山石村の加藤園芸まで足を運んだが、死んだ男の身元を割る手掛かりは得られなかったという話だった。西脇が詫《わ》びの言葉を口にすると、係長は、とんでもない、また一緒にやりましょう、と明るく言った。飯倉は「署長賞を逃しちゃいましたね」と残念がったが、西脇の思いはむしろ係長のほうに近かった。

想像を掻《か》き立てられていた。

男の生まれた国はどこなのか。何を求めて日本に渡ってきたのか。あの小さなパンジーの種は、いつどこで男のズボンの折り返しに紛れ込んだのだろう。それは、彼の人生の一コマを語るものなのか。それとも偶然の悪戯《いたずら》なのだろうか。

また一緒にやりましょう。

いい言葉だと思った。「隣の署の係長」でしかなかった男が、ぐっと身近に感じられて心地よかった。多々良巌と出会ったからに違いなかった。以前に比べて人との距離が縮まっている。自分から縮めている。そう感じることが多くなっていた。

年が明け、正月気分もすっかり抜けた頃、会計課に思いがけない電話が舞い込んだ。

多々良の長女からだった。

〈いつぞやは大変失礼しました。実は父のマンションから持ち帰ったセントポーリアが元気がなくなってしまって〉

葉に艶《つや》がなくなり、すっかりしおれてしまった。下の妹二人の鉢も同じ状態だという。

「多分、株が弱ってしまっているんですね」

〈そちらに持っていきますので、ちょっと見ていただけないでしょうか。育て方のコツも教えていただきたいんです〉

「わかりました。明日にでもこちらから伺います」

〈そんな、とんでもない〉

「生育環境も見たいんですよ。それによって対処の仕方も違いますから」

翌日の公休を利用して、西脇は三人の娘の家を車で回った。

長女の家で、ハッとした。

次女の家で、もしやと思った。

三女の家で、思いは確信に高まった。

見えるのだ、どこの家の窓からも「三ツ鐘タワーマンション」の最上階が。

雪解けのように謎《なぞ》が解けた。

広い庭ではなく、プランターを選んだ多々良の心が今こそ見えた。

三人の娘たちの諍《いさか》いを目《ま》の当たりにして悲嘆に暮れた。金がそうさせているのだと思い知った。すべて使ってしまおうと決めた。たとえ恨まれてもいいと多々良は思った。

だが……。

忘れられたくなかったのだ。

憎んでくれていい。顔を見せてくれとも、孫を連れてきてくれとも言わない。けれど、時々は思い出してほしい。忘れないでほしい。何かの拍子にふと目線が上がった時でいい。あのノッポビルのてっぺんに父がいるのだ、と。

「どうでしょうか……」

三女の心配そうな声がした。

「大丈夫、すぐ元気になりますよ」

西脇はタワーマンションから目線を下ろし、セントポーリアの手当てに取り掛かった。

この作品は二〇〇二年一二月実業之日本社より単行本
として刊行され、二〇〇五年二月ジョイ・ノベルスに
収録された。文庫化にあたり加筆修正を行った。

乃南アサ著　凍える牙　直木賞受賞

凶悪な獣の牙——。警視庁機動捜査隊員・音道貴子が連続殺人事件に挑む。女性刑事の孤独な闘いが圧倒的共感を集めた超ベストセラー。

帚木蓬生著　閉鎖病棟　山本周五郎賞受賞

精神科病棟で発生した殺人事件。隠されたその動機とは。優しさに溢れた感動の結末——。現役精神科医が描く、病院内部の人間模様。

花村萬月著　百万遍　青の時代（上・下）

今日、三島が死んだ。俺は、あてどなき漂流を始めた。美しき女たちを渡り歩き、身を凍りつかせる暴力を知る。入魂の自伝的長篇！

船戸与一著　三都物語

横浜、台湾、韓国——。異国の野球場に招かれた助っ人たち。黒社会の罠、非合法賭博の蜜、燻ぶる内戦の匂いが、彼らを待っていた。

森博嗣著　そして二人だけになった

巨大な海峡大橋を支えるコンクリート塊の内部空間。事故により密室と化したこの空間で起こる連続殺人。そして最後に残る者は……。

山崎豊子著　白い巨塔（一〜五）

癌の検査・手術、泥沼の教授選、誤診裁判などを綿密にとらえ、尊厳であるべき医学界に渦巻く人間の欲望と打算を迫真の筆に描く。

新潮文庫最新刊

いしいしんじ作
植田　真　絵

絵描きの植田さん

その瞬間、世界が色つきになった——。白い森のなかに互いをさがす、絵描きと少女。植田真の絵とともに贈る奇跡のような物語。

佐伯一麦著

あんちゃん、おやすみ

男の子には突破しなければならない関門がある。メンコ、自転車、水泳、ケンカ、探検、恋心……。儚くも美しい季節を紡ぐ名品47編。

田口ランディ著

モザイク

逃げだした少年を求めて、渋谷の街をさまよう「移送屋」ミミは、「救世主救済委員会」と出会う……妄想と現実の間の鮮烈な世界を描く。

海道龍一朗著

禁中御庭者綺譚 乱世疾走

群雄割拠の戦乱で、台頭する織田信長。帝を守護する若き異能者たちは、信長の覇道を危ぶみ、戦国の世を疾駆して秘かに闘い始めた。

よしもとばなな著

愛しの陽子さん
—yoshimotobanana.com 2006—

みんな、陽子さんにぞっこんさ！　ボリュームアップ、装いも新たに、さらに楽しくお届けする「ドットコム」。シリーズリニューアル！

江原啓之編著

もっと深くスピリチュアルを知るために

幸福な生のためには、「あの世」への正しい理解が不可欠。スピリチュアル・カウンセラーの著者が教える、本当の霊的世界とは。

深《ふか》追《お》い

新潮文庫　よ-28-1

平成十九年五月一日発行
平成十九年十一月二十日六刷

著者　横《よこ》山《やま》秀《ひで》夫《お》

発行者　佐藤隆信

発行所　株式会社新潮社

郵便番号　一六二―八七一一
東京都新宿区矢来町七一
電話　編集部(〇三)三二六六―五四四〇
　　　読者係(〇三)三二六六―五一一一
http://www.shinchosha.co.jp

価格はカバーに表示してあります。

乱丁・落丁本は、ご面倒ですが小社読者係宛ご送付ください。送料小社負担にてお取替えいたします。

印刷・二光印刷株式会社　製本・加藤製本株式会社

ISBN978-4-10-131671-0 C0193